Diogenes Taschenbuch 20836

de
te
be

Friedrich Dürrenmatt

Werkausgabe in dreißig Bänden

Herausgegeben in Zusammenarbeit mit dem Autor

Band 6

Friedrich Dürrenmatt

Frank der Fünfte

Komödie einer Privatbank

Mit Musik von Paul Burkhard

Neufassung 1980

Diogenes

Umschlag: Detail aus ›Tod der Pasiphae‹ von Friedrich Dürrenmatt.
Frank der Fünfte erschien erstmals 1960 als ›Oper einer Privatbank‹ im Verlag der Arche, Zürich.
Aufführungs-, Film-, Funk- und TV-Rechte:
Weltvertrieb: Reiss AG, Theaterverlag, Sprecherstraße 8, CH-8032 Zürich.

Vertrieb für Deutschland: Felix Bloch Erben, Verlag für Bühne, Film, Funk, Hardenbergstraße 6, D-10623 Berlin.
Die vorliegende *Neufassung 1980* und die dazugehörige *Anmerkung* hat Friedrich Dürrenmatt eigens für diese Ausgabe geschrieben.
Redaktion: Thomas Bodmer.

30/95/8/5
ISBN 3 257 20836 7

Inhalt

Allgemeine Anmerkung
zu der Endfassung 1980 meiner Komödien

Es ging mir, im Gegensatz zu den verschiedenen Fassungen, die vorher einzeln im Arche-Verlag erschienen sind, bei den Fassungen für die Werkausgabe nicht darum, die theatergerechten, das heißt die gestrichenen Fassungen herauszugeben, sondern die literarisch gültigen. Literatur und Theater sind zwei verschiedene Welten: Außer den Komödien, die ich nur für die Theater schrieb, *Play Strindberg* und *Porträt eines Planeten*, die Übungsstücke für Schauspieler darstellen und die ich als Regisseur schrieb, gebe ich im Folgenden – die ersten Stücke tastete ich nicht an – die dichterische Fassung wieder, eine Zusammenfassung verschiedener Versionen.

F. D.

Frank der Fünfte

Komödie einer Privatbank
Neufassung 1980

Personen

Frank V.
seine Frau Ottilie
sein Sohn Herbert
seine Tochter Franziska
der Prokurist Emil Böckmann
der Personalchef Richard Egli
Frieda Fürst
der Schalterbeamte Lukas Häberlin
der Schalterbeamte Gaston Schmalz
der Schalterbeamte Theo Kappeler
Päuli Neukomm
Heini Zurmühl
der Kellner Guillaume
der Maschinenfabrikant Ernst Schlumpf
die Hotelbesitzerin Apollonia Streuli
der Uhrenfabrikant Piaget
der Staatspräsident Traugott von Friedemann
Pfarrer Moser
Trauergemeinde
Diener
eine Krankenschwester

Pause nach dem elften Bild

Geschrieben 1958
Uraufführung im Schauspielhaus Zürich
am 19. März 1959

1. Wie Helden von Shakespeare

Das Bühnenbild: In der Mitte der Bühne auf einigen Stufen ein riesiges Bankportal, von zwei Atlassen getragen, wie ein zweites Bühnenportal, mit einem schwarzen Zwischenvorhang. Auf dem Portalgiebel in goldenen Lettern: ›Handelt, bis ich wiederkomme (Luk. 19, 13)‹. Durch das Bankportal auf den Stufen entsteht eine Vorbühne, auf der ebenfalls gespielt werden kann. Die Überschriften der einzelnen Szenen können auf den Zwischenvorhang projiziert werden.
Der Personalchef Richard Egli tritt in feierlicher Kleidung vor den Zwischenvorhang des Bankportals und schiebt den Hut etwas nach hinten.

EGLI

Leider habt ihr stets vernommen
Daß die Welt nicht nach dem Wunsch der
  Frommen
Daß die Reichen reich und die Armen arm
Und Gott erbarm
In Bälde sich unserer Kälte.

Doch nun laßt den romantischen Quark
Der Mensch ist nicht frei, er lebt im Geschäft
Von Wölfen umstellt, von Hunden umkläfft
Im Kollektiv gefangen
Vom Nächsten beschattet, den er selber bewacht

Mit allen gehangen
Wird er über Nacht
Um seine Menschlichkeit gebracht.

Seid daher stark
Seht teils als Tragödie, teils als Schwank
Die Komödie einer Privatbank
Die Geschichte des Fünften Frank
Personen: Die ganze Bande
Vom Stift bis zum Prokurist
Ja, selbst den Direktor und dessen Frau
Seht ihr leiden in dieser Schau
Sowie einige Kunden, doch die nur am Rande.

Der Grund?
Kommt man euch mit Bettlern, heult jeder Hund
Nur vor unsresgleichen seid ihr objektiv
Mitleid verzerrt und Tränendunst
Armut macht schief
Erst von einer Million aufwärts gibt es klassische Kunst.

Erfahre denn, o Christenheit
Was wir hoffen und lieben
Vernimm, wie wir morden, schau, wie wir schieben
Und zieh den Hut ab, wenn wir fallen
Ehre sei uns allen.

Nicht nur Könige haben's arg getrieben
Nicht nur Minister, nicht nur Generale
Wateten durch Blut, stanken Skandale
Ich bin der Personalchef, ich muß es ja wissen

Es saust mit uns die Welt des Schwindelns und der
Wucherzinsen
Unaufhaltsam in die Binsen
Wir sind die letzten Schurken weit und breit
Nach uns nur böse, öde Ehrlichkeit.

Drum
O Publikum
Freu dich noch ob uns auf Erden
Was jetzt nur schändlich ist, wird unerträglich
werden.

Wag dich selbst zu sehn in unserem Handeln
Die wir wie du hienieden wandeln
Verstrickt in Börsenstrategie
Angepöbelt wie noch nie
Von jedem sozialen Wicht
Stehn wir fürchterlich vor dir
Henker zwar, doch Götter schier
Minder groß und blutig nicht
Als die Helden von Shakespeare.

Durch den Zwischenvorhang ab.

2. Den Tod an der Gurgel

Von rechts vorne rollt sich Frank V. in einem Rollstuhl auf die Vorbühne herein.

FRANK V. Ich bin Frank der Fünfte, und man nennt mich Frank den Menschenfreund. Ich bin alt. Hinter mir das Leben, vierzig Jahre Bankgeschäft usw., vor mir der Tod, die Unendlichkeit usw.; denn kaum ist der vierte Herzinfarkt mit knapper Not überstanden, hat sich schon der fünfte angemeldet. Doch es sei. Ich bin Idealist und kenne höhere Werte. Pfarrer Moser.

Von links kommt Pfarrer Moser.

PFARRER MOSER Mein Sohn.

FRANK V. Beichten.

PFARRER MOSER Ich höre, mein Sohn.

FRANK V. Ich habe die Witwen und Waisen zu wenig unterstützt.

PFARRER MOSER Nicht der Rede wert.

FRANK V. Die Armen und Obdachlosen.

PFARRER MOSER Nicht der Rede wert.

FRANK V. Die Gefängnisseelsorge.

PFARRER MOSER Nicht der Rede wert.

FRANK V. Die Mohammedaner-Mission.

PFARRER MOSER Nicht der Rede wert.

FRANK V. Ich besuchte die Bibelstunden Christlicher Bankiers gar zu selten.

PFARRER MOSER Nicht der Rede wert.
FRANK V. Bevor ich sterbe, möchte ich noch eine gute Tat vollbringen.
PFARRER MOSER Vollbringe sie, mein Sohn.
FRANK V. Prokurist.

Von links kommt Böckmann.

BÖCKMANN Herr Direktor?
FRANK V. Laß die beiden Burschen hereinkommen, die uns die Jugendfürsorge zuschickte.
BÖCKMANN Hereinkommen.

Von links kommen schüchtern Heini Zurmühl und Päuli Neukomm.

HEINI Herr Direktor. *Verneigt sich.*
PÄULI Grüß Gott. *Ist verlegen.*
FRANK V. Näher. Donnerwetter, habt ihr denn noch nie einen Sterbenden gesehen?

Die beiden treten ehrfürchtig näher.

HEINI Noch nie, Herr Direktor.
FRANK V. Nun seht ihr einen. Name?
HEINI Heini Zurmühl, Herr Direktor.
PÄULI Päuli Neukomm.
FRANK V. Woher?
HEINI Aus Drosseldorf, Herr Direktor.
PÄULI Aus Amseldingen.
FRANK V. Da seid ihr beide aus der gleichen Gegend hergeflattert. Delikte?

HEINI Mit einer Dreizehnjährigen geschlafen.

PÄULI Hundert Franken dem Meister gestohlen.

FRANK V. Da heißt es, väterlich eingreifen, liebreich lenken, sachte auf die gute Bahn hinweisen. Meine jungen Herren, ich will mich kurz fassen. Wem der Tod nach der Gurgel greift, liebt nicht viele Worte. Wir haben Mitarbeiter nötig. Unserem diskreten Gewerbe fehlt der idealistische Nachwuchs. Die Zeit ist nur dem Tüchtigsten günstig. Ich stelle euch probeweise an. Das Geschäftsleben wird aus euch echte Männer schaffen, die Börse wird euch formen, die Kasse stählen, das Kapital erziehen. Ab!

BÖCKMANN Marsch zum Personalchef.

Böckmann und die beiden links ab.

PFARRER MOSER Mein Sohn, deine Sünden sind dir vergeben.

FRANK V. Amen. Ich rolle hin und sterbe.

Rollt sich nach rechts hinaus.

PFARRER MOSER Vater unser, der du bist im Himmel.

3. Wir sausen zu den Ahnen

Überblendung: Während Frank V. sich nach rechts hinausrollt und Pfarrer Moser betet, kommt von links und rechts hinten, um das Bankportal herum, die Trauergemeinde auf die Vorbühne. Während die erste Strophe des Chorals gesungen wird, tragen die Schalterbeamten Häberlin, Kappeler und Schmalz sowie der Personalchef Egli den Sarg von links hinten herein, offensichtlich niedergeschlagen durch den Tod ihres menschenfreundlichen Chefs. Sie setzen den Sarg in der Mitte des Vordergrunds ab, treten dann auf der Vorbühne still nach rechts, sie bilden eine Gruppe, unmittelbar gefolgt von Trauergästen, die nach links treten, dort eine weitere Gruppe bilden, zu der Pfarrer Moser tritt. Die Trauergemeinde ist feierlich gekleidet, schwarze Mäntel und Hüte, einige Zylinder.

ALLE

O Mensch, der du gekrochen
Nach Monden und nach Wochen
Aus deiner Mutter Bauch
Was suchst du, Narr, hienieden
Gerechtigkeit und Frieden
Verlache all dein Planen
Du sausest zu den Ahnen
Und deine Kinder sausen auch.

Der Prokurist Emil Böckmann führt die verschleierte Witwe Ottilie Frank, die sich auf Frieda Fürst stützt, von links herein, führt sie zum Sarg, tritt dann zu Egli, ebenso Frieda.

ALLE

Den wir hier fromm versenken
Der lenkte unser Denken
Als Präsident und Boss
Geehrt von allen Banken
Stand er, wenn andre sanken
Dann ging's ihm wie uns allen
Er fiel, der nie gefallen
Der Mensch ist klein, der Tod ist groß.

OTTILIE Frank der Fünfte. Ich bin dein Weib und weiß, was sich schickt. Keine Träne an deinem Grab, Anerkennung des Unabänderlichen, sich beugen unter das göttliche Gesetz, Haltung.

Man nimmt Haltung an.

OTTILIE Es hat keinen Sinn, sich etwas vorzumachen. Die Zeit, die dich prägte, ist versunken. Dein Vater regierte die Wallstreet, dein Großvater hatte ganz China in Händen, du vermochtest am Ende deiner Herrschaft nicht einmal mehr ein mittleres Elektrizitätswerk zu finanzieren. Deine Macht schwand, und dein Herz brach. Damit erlosch deine Dynastie. Wir, die wir bleiben, müssen nun in einer Welt von Zwergen ausharren. Herr Direktor der Staatsbank, Herr Direktor der Vereinigten Banken, Herr Direktor der Handels-

AG, Ihr Herren Aufsichtsräte, Freunde, Mitarbeiter: Ich nehme Abschied vom letzten großen Privatbankier unserer Zeit: Gottfried, lebe wohl. In die Familiengruft mit dir!

Die drei Schalterbeamten und Egli tragen den Sarg nach rechts hinaus.

4. Was wir schieben und erraffen

Überblendung: Der Zwischenvorhang teilt sich. Zwischen dem Bankportal ein großer, reichgedeckter Tisch: weißes Tischtuch, Fruchtschalen, halbvolle Rotweingläser, Kognakgläser usw. Darüber hängt ein brennender Lüster. Ottilie, Frieda Fürst, Böckmann begeben sich zum Tisch, später auch die drei Schalterbeamten und Richard Egli, während sich die Trauergäste beim Schlußchor verziehen.

ALLE

So sinken Dynastien,
Verstummen, die da schrien
So narrte sie das Licht.
O Fünfter Frank, wie mächtig
War dein Geschlecht, wie prächtig
Du letzter all der Großen
Bist nun ins Grab gestoßen
Und eine Rückkehr gibt es nicht.

Von links kommt Päuli Neukomm mit einem Köfferchen.

PÄULI Kondoliere, Frau Direktor, von ganzem Herzen.
OTTILIE Du willst schon gehen, Päuli Neukomm?
PÄULI Habe dem Herrn Personalchef gekündigt, Frau Direktor.
OTTILIE Nach drei Tagen.

FRIEDA Sieh mal an.
PÄULI Möchte nach Amseldingen zurück.
BÖCKMANN Möchtest?
PÄULI Mein Vater betreibt dort die Käserei.
HÄBERLIN Ein ehrliches Handwerk.
PÄULI Ich mache mir bloß Sorgen um meinen Freund Heini Zurmühl.
KAPPELER Wir vermissen ihn auch beim Totenmahl.
OTTILIE Informieren wir die Polizei.
PÄULI Ich verstehe nicht, Frau Direktor.
EGLI Dein Freund Heini Zurmühl war bloß ein ehemaliger Herrenschneiderlehrling.
PÄULI Was hat das mit mir zu tun, Herr Personalchef?
FRIEDA Dein Vater besitzt in Amseldingen eine Schlosserei, ich komme auch aus der Gegend.
PÄULI Spielt doch keine Rolle, Fräulein Frieda.
HÄBERLIN Meinst du.
KAPPELER Vielleicht spielt es doch eine Rolle.
SCHMALZ Du bist nämlich auch Schlosser, mein Junge.
OTTILIE Päuli Neukomm, greif mal in deine rechte Seitentasche und übergib mir den Tresorschlüssel. Er ist zwar nicht das Original, sondern nach einem Abdruck hergestellt, doch da du ein tüchtiger Schlosser bist, auch so ganz brauchbar.
PÄULI Bitte, Frau Direktor.

Gibt den Schlüssel.

BÖCKMANN Den Zahlenkode zum Tresor ließ ich gestern absichtlich auf dem Schreibtisch liegen.
PÄULI Ich habe ihn abgeschrieben, Herr Prokurist.
EGLI Du wolltest dich heute in unserer Bank einschließen

lassen, deinem Freund Heini nachts die Tür öffnen und dich mit ihm und den Millionen aus dem Staube machen. Stimmt's?

PÄULI Stimmt, Herr Personalchef.

OTTILIE Das Verschwinden Heini Zurmühls machte dir einen Strich durch die Rechnung.

PÄULI Ich gebe alles zu, Frau Direktor. *Setzt sich gebrochen auf sein Köfferchen.* Ich habe versagt, rufen Sie die Polizei.

Alle außer Päuli Neukomm erheben sich.

OTTILIE Päuli Neukomm. Du bist definitiv in unsere Bank aufgenommen. Dein Einbruchsversuch war lobenswert, wenn auch dilettantisch geplant, der Tresorschlüssel tadellose Arbeit.

Sie setzen sich wieder, gleichzeitig springt Päuli Neukomm hoch.

PÄULI Ihr seid eine Gangsterbank.

EGLI Natürlich sind wir eine Gangsterbank.

PÄULI Mein Gott, in welchen Sumpf bin ich geraten!

OTTILIE Von uns wurde noch nie ein ehrliches Geschäft abgewickelt.

BÖCKMANN Wir arbeiten in einem Staat, dessen Bürgerfleiß sprichwörtlich geworden ist.

HÄBERLIN Die Polizei ist vorbildlich organisiert.

FRIEDA Besonders die Sittenpolizei.

PÄULI Und zu Hause betet eine Mutter für mich.

KAPPELER Die Mühe kann sie sich sparen.

PÄULI Wo ist mein Freund?

SCHMALZ In unseren Kreisen gibt es keine Freunde.
PÄULI Mein Freund Heini Zurmühl?
EGLI Geht dich nichts an.
PÄULI Es geht mich was an. Ich bin ein vollwertiges Mitglied eurer verfluchten Bande und will die Wahrheit wissen.
OTTILIE Gottfried, komm raus.

Aus dem Hintergrund kommt Frank V. als Priester verkleidet, grüßt.

PÄULI Frank, der Menschenfreund.
FRANK V. Ich bin's.
PÄULI Heini? Was habt ihr mit meinem Freund Heini Zurmühl gemacht?
FRANK V. Wir brauchten dringend eine männliche Leiche, mein Sohn. Unsere Geschäftsmethoden lassen sich nicht mehr länger verheimlichen, die staatlichen Kontrollen sind strenger, die Computer unfehlbar; irren sie, meistens zugunsten der Kunden: Wir beschlossen daher, die Bank zu liquidieren. In wenigen Wochen feiert unsere Firma das zweihundertjährige Bestehen. Kurz darauf wird auch meine liebe Gattin sterben. Wie ich. An einem Herzinfarkt. Nach ihrer Beerdigung verbringen wir den Lebensabend gemeinsam unter einem anderen Namen in einem humaneren Klima.
EGLI Auch das Personal wird verschwinden.
BÖCKMANN Der Staat übernimmt die Schulden, wir haben unsere Ersparnisse in Sicherheit gebracht, und es kommt alles in Ordnung.
FRANK V. Bis dahin will ich ein rein geistiges Dasein

führen. Ich bin ein durch und durch religiöser Mensch.

OTTILIE Quatsch nicht, Gottfried. Päuli Neukomm, du hast Glück gehabt.

FRIEDA Eigentlich hatten wir dich dazu ausersehen, im Sarge zu liegen.

HÄBERLIN Doch Heini Zurmühl wollte uns erpressen.

KAPPELER Wir mußten ihn umlegen.

SCHMALZ Ich. Im Keller.

PÄULI Mörder.

FRANK V. Geschäftsleute in Bedrängnis, mein Sohn.

OTTILIE Und du, Päuli, kommst in die große Lehre.

EGLI Im Innendienst.

BÖCKMANN Marsch, deine Laufbahn beginnt.

PÄULI Das ist ungerecht! Ich wollte nur mit einem großen Dreh reich werden wie ihr, ein einziges Mal, und dann anständig bleiben.

OTTILIE

Neukomm, welch geschwollner Ton!

FRANK V.

Fälsche erst mal einen Check

BÖCKMANN

Bring ein Defizit mir weg

EGLI

Stiehl die Aktien von Herrn Kohn.

HÄBERLIN

Geh erst brav den krummen Pfad

KAPPELER

Tausche erst mal falsches Geld

SCHMALZ

Schaff 'ne Leiche in die Welt

FRIEDA

Armut scheint dir dann als Gnad.

PÄULI
Welcher Hohn!

FRANK V.
Duck dich, Sohn!

OTTILIE
Eines mußt du endlich wissen

PÄULI
Was muß ich denn endlich wissen?

DIE EINEN
Was wir schieben und erraffen

DIE ANDEREN
Was erpressen wir und schaffen

DIE EINEN
Morden, prellen und betrügen

DIE ANDEREN
Wuchern, stehlen, hehlen, lügen

ALLE
Tun wir nur, weil wir es müssen
Möchten Gutes tun. Doch eben
Wollen wir im Wohlstand leben
Müssen wir Geschäfte machen

Und in dieser rohen Welt
Hat der Arme nur zu lachen
Für sein Geld.

PÄULI
Ach, in dieser rohen Welt
Hat der Arme nur zu lachen.

ALLE
Für sein Geld.

5. Frühmorgens vor unseren Missetaten

Zwischenvorhang geschlossen.
Links stellt der Kellner Guillaume einen Tisch mit zwei Stühlen auf die Vorbühne, rechts wird ein Bartisch hereingeschoben. Auf dem freundlich gedeckten Tisch steht eine leere Vase.
Von links Frieda Fürst, von rechts Richard Egli mit einer Rose.

EGLI Frieda.
FRIEDA Richard.
EGLI
Ich lag im ›Imperial‹ bei der Millionärin aus Milwaukee
Die Vorhänge bewegten sich im Mondlicht
Doch ich dachte nur an dich.
FRIEDA
Mein Leib ist noch warm vom Leibe des Tiefbauingenieurs
Ein Käuzchen klagte, und im Hofe stand ein blauer Chevrolet
Doch ich war nur bei dir.
EGLI Ich wünsche dir einen schönen Morgen.
FRIEDA Ich dir auch.
EGLI Eine Rose.
FRIEDA Ich danke dir.

EGLI

Mit wem ich auch schlief im Luxushotel
Wer auch die Kundin war

FRIEDA

Mit wem ich auch lag im kleinen Hotel
Wer auch der Kunde war

EGLI

Geb ich dich auch her für die Bank
gibst du dich auch hin für das Geld

FRIEDA

Wir wollen sein Bräutigam und Braut in dieser Welt

EGLI

Uns treu sein immerdar.

Sie setzen sich an den Tisch links.

FRIEDA Wie immer, Guillaume.
EGLI Mir auch.
GUILLAUME *serviert* Schwarztee und Yoghurt.

Frieda stellt die Rose in die Vase.

FRIEDA Vergiß deine Tropfen nicht.

Er tropft etwas in ein Glas Wasser, sie schenkt Tee ein.

FRIEDA Zucker?
EGLI Zwei.
FRIEDA Toast?
EGLI Einen.

Sie rühren im Tee.

FRIEDA Meine Schwester in Anderthal hat ihr fünftes Kind bekommen. Einen Knaben.

EGLI Mein Bruder in Maibrugg ist Gemeindepräsident geworden. Er hat es geschafft.

Sie trinken Tee.

FRIEDA Zwanzig Jahre sind wir jetzt bei Frank.

EGLI Zweiundzwanzig.

FRIEDA Jedes Jahr wollten wir heiraten.

EGLI Das Geschäft kam immer dazwischen.

FRIEDA Die Bank ging nicht, wie sie sollte.

EGLI Aber nun wird sie liquidiert. Ich habe in Maibrugg ein Einfamilienhäuschen gekauft. In Obstbäumen versteckt. Mit grünen Fensterläden und rotem Riegelwerk.

FRIEDA Wir werden viele Kinder haben.

EGLI Alles Buben.

FRIEDA Du wirst sehen. Ich schaffe es schon noch.

Sie essen Yoghurt.

FRIEDA

Im kleinen Café
Neben der Privatbank am Quai
Da träumen wir beide

EGLI

Frühmorgens vor unseren Missetaten

FRIEDA

Doch gellt einer Möwe Schrei
Vergoldet die Sonne das Münster
Ist es wieder

EGLI

Immer wieder

BEIDE

Vorbei.
Einmal wird es anders sein
Einmal liegen wir zu zwein
Einmal wird es anders sein.

EGLI Das Frühstück ist beendet.

Er erhebt sich.

FRIEDA Wir müssen wieder auseinandergehen.

Er verbeugt sich.

EGLI Lebe wohl, Frieda.
FRIEDA Lebe wohl, Richard.
EGLI Mach's gut.
FRIEDA Reg dich nicht auf.

Egli geht zum Bartisch, setzt sich links außen.

EGLI Wie immer.
GUILLAUME *serviert* Ihr Absinth, Herr Egli.
FRIEDA Wie immer, Guillaume.
GUILLAUME *serviert* Ihr Kamillentee, Fräulein Frieda.

Frieda Fürst beginnt an einem Babyjäckchen zu stricken. Egli zündet sich eine Zigarre an. Von rechts kommt Gaston Schmalz mit einer Zeitung, setzt sich an die Bar neben Egli.

SCHMALZ Wie immer, Guillaume.

GUILLAUME *serviert* Ihr Brusttee und Ihr Knäckebrot, Herr Schmalz.

Schmalz beginnt Brusttee zu schlürfen.

EGLI Herr Gaston Schmalz, ich sah dich gestern deinen alten VW parkieren. Du willst dich offenbar nicht in Schulden stürzen, sparen, unabhängig von uns werden, keine Widerrede, du schaffst dir nächste Woche einen Mercedes an, der dich am Rande des Ruins halten wird, wie es sich gehört.

SCHMALZ Na schön, Herr Egli. Werd's tun.

Entfaltet seine Zeitung. Theo Kappeler kommt in die Bar, setzt sich neben Schmalz.

KAPPELER Wie immer, Guillaume.

GUILLAUME *serviert* Ihr Vichywasser und Ihr Zwieback, Herr Kappeler.

EGLI Herr Theo Kappeler. Da geh ich neulich im Stadtpark spazieren, denke an unser Geschäft und an sonst nichts Böses, und wer sitzt auf einer Bank? Du, Kappeler, mit deiner Freundin. Du willst das Mädchen wohl heiraten?

KAPPELER Nächste Woche, Herr Egli. Sie ist schwanger.

EGLI Schwanger! Das soll eine Entschuldigung sein, sich auf einmal wie ein grundanständiger Mensch zu benehmen? Und überhaupt! Kinder zeugen! Frank der Fünfte und seine Gattin haben auch keine Kinder, ich zieh den Hut vor dieser Ehe. Kinderlos haben wir in die Hölle zu fahren, Kappeler. Du hast dein Mädchen sitzenzulassen, so viel inneren Anstand darf ich von dir noch verlangen.

KAPPELER Herr Egli, ich werde mich zusammennehmen.

Lukas Häberlin kommt in die Bar, setzt sich neben Kappeler.

HÄBERLIN Wie immer, Guillaume.
GUILLAUME *serviert* Ihr Birchermüsli, Herr Häberlin.

Häberlin beginnt sein Müsli zu löffeln.

EGLI Brusttee, Vichywasser, Birchermüsli. Wie in einem Sanatorium geht's zu. In meiner Jugend, heiliger Bimbam, da war um diese Zeit die ganze Bande knallbesoffen. Kein Wunder. Wir waren noch Kerle. Doch ihr?
HÄBERLIN Zugegeben, Herr Egli, das waren damals gemütlichere Zeiten, aber wir mit unserem modernen Tempo? Nein, Herr Egli, machen wir uns nichts vor. Wir sind morsch, müde und aufgerieben. Uns fehlt die berufliche Zufriedenheit, das seelische Gleichgewicht, der innere Friede, Werte, die wir, weiß Gott, nicht in Orgien, sondern nur noch hinter Zuchthausmauern finden können.

Die anderen starren verwundert.

HÄBERLIN Ich habe mich informiert. Das gleichmäßige Leben im Zuchthaus wirkt Wunder. Verdauungsbeschwerden, Nervenschwäche, Herz- und Kreislaufstörungen sind unbekannt. Wenn ich dagegen uns betrachte – wir führen ein Hundeleben und siechen dahin.

Stille. Die anderen starren drohend.

EGLI *stinkfreundlich* Interessant, Häberlin. Du beschäftigst dich in deiner Freizeit mit Zuchthäusern.

HÄBERLIN Ein Licht ging mir auf, Herr Egli.

EGLI Und sehnst dich womöglich noch nach solchen Örtlichkeiten?

HÄBERLIN *ahnungslos* Mein Traum, Herr Egli. Die stillen Abende in der Zelle, das frühe Lichterlöschen, der immer dunkler werdende Himmel in der Fensterluke, die ersten Sterne, der sorglose Friede, der ruhige Schlummer. Keine Hast, keine Furcht vor einer Entdeckung, keine Angst vor Verrat, Rundfunk, Fernsehen, und demnächst soll sogar ein monatlicher weiblicher Besuch aus den entsprechenden sanitarisch kontrollierten Institutionen gestattet werden. Auf Kosten des Staates. Das sind doch eigentlich ideale Lebensbedingungen, verglichen mit unserer Bankexistenz. Und dabei brauchen wir uns nicht einmal sonderlich um den Eintritt zu bemühen. Der ist bei unserem Vorleben kinderleicht durchzuführen. Ein Anruf beim Staatsanwalt genügt, wir sitzen lebenslänglich, haben uns nicht mehr abzuplagen und strotzen vor Gesundheit.

EGLI *ruhig* Das werde ich zu verhindern wissen. Schon mancher hat es schwer bereut, der ähnlichen Träumen nachhing, und meine Arbeitsmoral lasse ich mir auch nicht rauben, da kannst du soviel von Zuchthäusern erzählen, wie du willst. *Scharf* Noch eins, Lukas Häberlin!

Häberlin erhebt sich.

EGLI Ich traf dich letzten Sonntag in der Heiliggeist-Kirche, was bildest du dir eigentlich ein, ich möchte dich scharf gewarnt haben! Hast schon unzählige Schurkereien auf dem Gewissen, da besuchst du die Predigt, betest, singst »Ein feste Burg ist unser Gott«, ich finde das ja unerhört. Tust, als ob du Prokurist oder gar Personalchef wärst. Bitte! Ich darf es mir leisten, in die Kirche zu gehen, ich habe laufend so himmelschreiende Verbrechen zu erledigen, daß ich überhaupt nicht in Gefahr komme, mich für anständig zu halten, doch bei euch Schalterbeamten –

Schmalz und Kappeler erheben sich.

EGLI – bei euch drei Schalterbeamten auf eurem ruhigen Posten mit euren kleinen Schwindeleien ist die Gefahr, ehrlich zu werden, riesengroß! Dann haben wir die Schlamperei! Etwas Disziplin, meine Herren, Herrgott nochmal, ist die Bank einmal liquidiert, könnt ihr meinetwegen allesamt in die Heilsarmee einrücken, aber bis dahin habt ihr Gauner zu bleiben, ich appelliere an euer Gewissen.

DIE DREI Jawohl, Herr Egli.

EGLI Marsch, an die Pflichten. Ein neuer Arbeitstag hat begonnen.

DIE DREI Jawohl, Herr Egli.

Sie gehen nach links ab.

EGLI Wie immer, Guillaume.

GUILLAUME Ihre Tropfen, Herr Egli. *Stellt ein Glas Wasser hin.*

Egli tropft.
Frieda Fürst strickt an ihrem Babyjäckchen weiter.

FRIEDA Siehst du, Richard, nun hast du dich doch aufgeregt.
EGLI Stürzen wir uns auf die Börsenberichte.

Egli entfaltet wütend eine Zeitung.

6. Der Preis der Liebe

Der Prokurist Emil Böckmann tritt durch den Zwischenvorhang ›Café Chez Guillaume‹ auf die Vorbühne wie vorher.
Links strickt Frieda, rechts liest Egli Zeitung.

BÖCKMANN Meine Damen und Herren. Das war des Personalchefs Morgen. In Ordnung. Die tägliche Arbeit unserer Privatbank kann beginnen. Auch in Ordnung. Doch komme ich dem Wunsche der Direktion, Sie in das Wesen unserer Geschäfte einzuführen, nur zögernd nach. Nicht nur, weil mir das höchst eindrucksvolle Pathos unseres Personalchefs kaum zur Verfügung steht – und auch sonst bin ich weitaus nüchterner –, und nicht nur, weil ich gesundheitlich noch schwerer angeschlagen bin, nein, meine Schwierigkeiten Ihnen gegenüber liegen ganz woanders: in der Materie selbst. Die tägliche Arbeit in einem Finanzinstitut unserer Art ist fast nicht zu demonstrieren, höchstens anzudeuten, das Wichtigste, Entscheidendste geschieht im geheimen. Der Kampf ist verwikkelt, unübersichtlich und grausam. Pardon wird nicht gegeben. Wir leben auf Messers Schneide. Eine verfehlte Aktion, eine allzu durchsichtig verschleierte Bilanz, und wir stürzen abgrundtief. Daß es öfters beinahe so weit kam, daß sich öfters unsere Lage wahrhaft tragisch gestaltete, können Sie sich denken.

Denn, meine Damen und Herren, machen wir uns keine Illusionen. Die Zeiten sind schlimm. Wir leben, leider Gottes, in einem Rechtsstaat. Uns fehlt durchaus der fördernde Hintergrund einer allgemeinen Korruption, auf die wir uns berufen könnten, unsere Geschäftsmaximen sittlich zu untermauern. Wir können mit keinen bestochenen Finanzministern oder obersten Polizeichefs aufwarten, nicht einmal mit bestechlichen Revisoren, nein, um uns herrscht die lauterste, brutalste Ehrlichkeit, mit gewissen Einschränkungen, möglich, doch nicht von uns aus feststellbar. Der Hölle erscheint die Erde als Paradies. Kurz, daß wir sind, daß wir überhaupt noch existieren, verdanken wir allein unserer Kraft, allein unserem Mut und allein unserer wilden Entschlossenheit, die durch Tradition geheiligten Geschäftsmethoden unserer Altvordern auch heute noch hochzuhalten, wenn auch der Verschleiß an Hirn und Nervensubstanzen ungeheuerliche Formen annimmt. Sie werden mir deshalb dankbar sein, wenn wir Sie mit technischen Details nicht allzusehr belästigen, sondern im großen und ganzen mehr auf unsere rein menschlichen Sorgen und Konflikte eingehen. Die sind ja auch viel wichtiger. Nur das Innenleben zählt schließlich. Zugegeben: Es wäre für Ihre wirtschaftliche Bildung – wenn ich so sagen darf – durchaus fördernd, ganz anderes, nämlich unsere genialen, wahrhaft durchdachten Geschäfte zu verfolgen, doch sind wir leider an gewisse dramaturgische Gesetze gebunden. Auf der Bühne wirkt nur, was der Zuschauer unmittelbar begreift. Nun kann aber der Ablauf eines wirklich raffinierten Geschäfts gar nicht dargestellt werden. Nicht nur Sie als Zuschauer kämen sonst dahinter, sondern auch dem Kunden ginge ein Licht auf, und das Geschäft würde platzen. Deshalb mußten wir uns denn notgedrungen mit einem Beispiel begnügen, bei dem Sie zwar nachkommen, auf das aber der Kunde hereinfällt; daß dies nicht unsere wichtigsten Geschäfte sind, die sich so abwikkeln, liegt auf der Hand. Schön. Das wäre alles. Verzeihen Sie den persönlichen Ton, den kleinen Unterbruch der Handlung, doch Sie sind nun im Bilde und bereit, sich aufs neue zu unterhalten.

Von rechts tritt Schlumpf auf die Vorbühne.

BÖCKMANN Herr Schlumpf.

Schlumpf setzt sich schwerfällig neben Egli an den Bartisch.

SCHLUMPF Whisky.
GUILLAUME Bitte sehr. *Serviert.*

Schlumpf beginnt auch eine Zeitung zu lesen.

BÖCKMANN Ernst Schlumpf, Maschinenfabrik Belzendorf, einer unserer treuen alten Kunden, mit der Morgenausgabe unseres weltbekannten Lokalblättchens beschäftigt. So. Nun dürften wir mit unserer kleinen Demonstration beginnen.

Der Zwischenvorhang teilt sich. Im Hintergrund drei Schalter, vergittert, mit Überschriften von links nach rechts: Kasse, Sparhefte, Titel; dahinter (von links nach rechts) Schmalz, Kappeler, Häberlin.

Böckmann tritt neben die drei Schalter.

BÖCKMANN Meine Damen und Herren. Ich befinde mich nun in unserer Schalterhalle, an der die Jahre, die Erfolge, die Schicksale nicht spurlos vorübergegangen sind, sie hat die Patina des Ruhmes angesetzt, und ich darf mich empfehlen. *Nach links ab.*

SCHMALZ Schon zehn, und noch immer kein Schwanz.

KAPPELER Wer will schon bei uns sparen.

HÄBERLIN Mit den Nummernkonti ist es auch nichts mehr.

SCHMALZ Seit die Multis ihre eigenen Banken haben.

KAPPELER Selbst das Vertrauen der seriösen Unterwelt haben wir verloren.

HÄBERLIN Zu denken, daß in meiner Jugend Al Capone sein Geld bei uns anlegte.

SCHMALZ Battista.

Schlumpf schaut am Bartisch auf die Uhr, faltet die Zeitung zusammen.

KAPPELER In der Schweiz sollte man sein.

HÄBERLIN In Liechtenstein.

Schlumpf geht zur Bank.

SCHMALZ Da kommt ein Kunde.

KAPPELER Maschinenfabrik Belzendorf.

HÄBERLIN Waffenfabrikant.

SCHMALZ Will nur abheben.

Schlumpf geht zu Häberlin.

HÄBERLIN Guten Morgen, Herr Schlumpf.
SCHLUMPF Na, Häberlin, was sagen Sie nun: Opplinger schwimmt.
HÄBERLIN Tüchtig, Herr Schlumpf.
SCHLUMPF Freudiger blecht.
HÄBERLIN Mächtig, Herr Schlumpf.
SCHLUMPF Hösler zieht an.
HÄBERLIN Prächtig, Herr Schlumpf.
SCHLUMPF Fünftausend.
HÄBERLIN Einzahlen?
SCHLUMPF Auszahlen.
HÄBERLIN Auszahlen.
KAPPELER Auszahlen.
SCHMALZ Auszahlen.

Schmalz telefoniert. Schlumpf unterschreibt.

HÄBERLIN In Tausendernoten, Herr Schlumpf?
SCHLUMPF In Hundertern.

Guillaume nimmt im Café das Telefon ab.

SCHMALZ Frieda Fürst.
GUILLAUME Wie immer, Fräulein Frieda, Sie müssen.

Frieda Fürst nimmt noch einen Schluck Kamillentee, packt das Strickzeug zusammen.

SCHLUMPF Na ja, Häberlin, da stecke ich Millionen in meine computergesteuerte Sturmhaubitze ›Halleluja‹, die jeden feindlichen Panzer auf eine Distanz von fünf Kilometern ins Nirwana bläst, und was zieht unser

Parlament vor? Die Nato-Haubitze ›Little Moby‹. Gute Nacht, einheimisches Schaffen. Und warum? Weil wir links unterwandert sind, Häberlin, links unterwandert.

HÄBERLIN Aber, Herr Schlumpf, dann würden wir doch kaum Nato-Haubitzen –

SCHLUMPF Minderwertige Nato-Haubitzen.

Schaut Frieda Fürst nach, die an ihm vorbei zum Schalter ›Kasse‹ geht.

SCHLUMPF Noch zweitausend.
HÄBERLIN Auszahlen.
KAPPELER Auszahlen.
SCHMALZ Auszahlen.

Zeigt Frieda Fürst mit den Händen an, daß Schlumpf im ganzen siebentausend bezogen hat.
Schlumpf unterschreibt.

SCHLUMPF Minderwertige Nato-Haubitzen.
SCHMALZ Doña Inez?
FRIEDA Ist der Scheck aus Sevilla eingetroffen?
SCHLUMPF Darum sind wir links unterwandert.
SCHMALZ Scheck aus Sevilla?
KAPPELER Scheck aus Sevilla?
HÄBERLIN Bedaure.
KAPPELER Bedaure.
SCHMALZ Wir bedauern, Doña Inez.
FRIEDA Ich bin General Rodrigos einzige Tochter.
SCHMALZ Uns bekannt, Doña Inez.
FRIEDA Ich kenne in dieser Stadt nicht eine Seele.

SCHMALZ Wir sind verpflichtet, uns nach den allgemeinen Bankvorschriften zu richten.

FRIEDA Handeln Sie menschlich. Auch mein Vater war menschlich. Er kämpfte gegen die Linke.

SCHMALZ Bedaure, Doña Inez. Die gesetzlichen Bestimmungen lassen die rechte Menschlichkeit nicht zu.

FRIEDA Wechseln Sie meine letzten Peseten. *Legt eine Handvoll Geldscheine hin.*

SCHMALZ Wechseln.

KAPPELER Wechseln.

HÄBERLIN Wechseln.

SCHLUMPF Donnerwetter! Noch zweitausend.

HÄBERLIN Auszahlen.

KAPPELER Auszahlen.

SCHMALZ Auszahlen.

SCHMALZ Für Ihre letzten Peseten, Doña Inez.

Er legt Geld hin. Macht ein Zeichen, daß Schlumpf neuntausend bezogen hat.
Schlumpf unterschreibt, steckt das Geld ein, stellt sich Frieda vor.

SCHLUMPF Mein Name ist Schlumpf. Ernst Schlumpf. Der Haubitzen-Schlumpf. Ich besitze eine Maschinenfabrik in Belzendorf. Eine Waffenfabrik.

FRIEDA Sie wünschen?

SCHLUMPF Etwas Selbstverständliches. Helfen.

FRIEDA Helfen?

SCHLUMPF Halleluja.

FRIEDA Wie bitte?

SCHLUMPF Der Name meiner computergesteuerten Sturmhaubitze, Doña Inez.

FRIEDA Ach so.

SCHLUMPF Ich bin gewissermaßen auch so eine Sturmhaubitze, Doña Inez, eine Sturmhaubitze der Menschenhilfe. Sie machen sich als Generalstochter ein grundfalsches Bild von unserem Ländchen. Lassen Sie mich dieses Bild korrigieren, ein wenig ins rechte Licht rücken. Als Patriot. Als Vertreter der Schwerindustrie. Ihren Arm, wir promenieren in die kleine Bar hinüber und überlegen, wie wir Sie wieder flottmachen. *Grüßt die Schalterbeamten.* Meine Herren, daß die Peseten und unser liebes Abendland nicht gleich ins Bodenlose absacken, dazu ist der Haubitzen-Schlumpf immer noch da.

HÄBERLIN Und wie, Herr Schlumpf.

KAPPELER Felsenfest, Herr Schlumpf.

SCHMALZ Die Heimat darf Ihnen dankbar sein, Herr Schlumpf.

Zwischenvorhang zu.
Egli faltet seine Zeitung zusammen und setzt sich an der Bar rechts außen hin.

EGLI Wie immer, Guillaume.

GUILLAUME *serviert* Ihr Absinth, Herr Egli.

Neben Egli nehmen Schlumpf und Frieda Fürst an der Bar Platz.

SCHLUMPF Kellner, eine Flasche Veuve Clicquot.

FRIEDA Aber, Herr Schlumpf –

SCHLUMPF Nicht »Herr«. Das will ich gar nicht hören. Nennen Sie mich schlicht und einfach Schlumpfi, Doña Inez, wie alle meine Freunde. Einschenken.

GUILLAUME Bitte, mein Herr. *Schenkt Champagner ein.*

SCHLUMPF Abhauen.

GUILLAUME Jawohl, mein Herr. *Verzieht sich.*

SCHLUMPF Einsam?

FRIEDA Einsam.

SCHLUMPF Auch einsam. Trotz der Schwerindustrie. *Schlägt aus Versehen Egli auf die Schulter.* Pardong.

EGLI Schon gut, mein Herr.

SCHLUMPF Auf Ihr Wohl, Doña Inez.

FRIEDA Auf Ihr Wohl, Herr Schlumpf.

SCHLUMPF Und nun, mein Kind, wollen wir ehrlich und handfest die Lage sondieren. Das mit dem Scheck, vorhin in der Bank, war nackter Schwindel. Stimmt's?

FRIEDA Herr Schlumpf –

SCHLUMPF Schlumpfi, zum Teufel.

FRIEDA Schlumpfi, ich –

SCHLUMPF Na, raus mit der Sprache. Vor mir brauchst du dich doch nicht zu genieren. Bist eben nach Strich und Faden pleite und wolltest die Bank hochnehmen.

FRIEDA Ja, Schlumpfi.

SCHLUMPF Siehst du. *Grinsend schlägt er aus Versehen Egli wieder auf die Schulter.* Pardong.

EGLI Tut nichts, mein Herr.

SCHLUMPF *wendet sich wieder Frieda Fürst zu* Mein Engel, auf diesen faulen Zauber fällt keine Bank der Welt mehr herein, am allerwenigsten eine, der ich mein Geld anvertraue – und eine Doña bist du hinten und vorne nicht, Halleluja-Schlumpfi läßt sich punkto Weiber nichts vormachen. Das mit deinem braven Herrn Papa, zum Beispiel, dem alten General Rodrigo, der gegen die Linke kämpfte, kannst du meinetwegen in einer Kleinstadt erzählen, aber doch nicht hier, Kindchen, so unter Großstädtern, auch wenn wir links derart unterwandert sind, daß sich bald nur noch meine Sturmhaubitzen der roten Sturmflut erfolgreich entgegenzustemmen vermögen. Nun, was hast du mir Schönes zu beichten, mein Käfer?

FRIEDA Mein Vater war Taxichauffeur in Santander.

SCHLUMPF Und deine werte Frau Mama?

FRIEDA Wohnte hier in der Metzgergasse.

SCHLUMPF Und siedelte dann in einen spanischen Puff über? Hat Schlumpfi nicht recht?

FRIEDA Ich schäme mich ja so.

SCHLUMPF Brauchst dich nicht zu schämen. Halleluja-Schlumpfi kennt das Leben, dem Schlumpfi ist nichts Menschliches fremd. Aber Kindchen, nun doch nicht gleich Tränen. Ich verstehe dich doch, hast doch alles nur aus lauter Einsamkeit getan.

FRIEDA Sie sind so nett zu mir, Schlumpfi.

SCHLUMPF Na, na, na! Nun wollen wir aber nicht gleich übertreiben. Bin nur human. Wer schwindelt nicht. In diesem Punkt ist Schlumpfi grundehrlich. Wenn ich denke, wie ich manchmal meine Geschäfte abwickle, Donnerwetter, das sind schon Schwindeleien von beinah weltpolitischem Format. *Schlägt aufs neue aus Versehen Egli auf die Schulter.* Pardong.

EGLI Macht nichts, mein Herr.

SCHLUMPF *schlägt auf den Bartisch* Aufs Herzchen kommt's an, sapperlot, aufs Herzchen, nicht auf die Gesetze.

FRIEDA Ja, Schlumpfi.

SCHLUMPF Schön. Die Lage wäre sondiert, und nun kann die Hilfsaktion gestartet werden.

FRIEDA Ja, Schlumpfi.

SCHLUMPF Wollen sehen, wie wir dich einige Zeit über Wasser halten.
FRIEDA Ja, Schlumpfi.
SCHLUMPF Du bist einsam, und ich bin einsam.
FRIEDA Ja, Schlumpfi.
SCHLUMPF Und nun?
FRIEDA Und nun –

Sie richtet sich auf dem Barstuhl auf, während Egli im geheimen ihre linke Hand streichelt.

FRIEDA Neuntausend!
SCHLUMPF Abgemacht.
FRIEDA O.K.
SCHLUMPF Kellner, zahlen! *Legt einen Hunderter auf den Bartisch.*

Von links außen kommt Päuli Neukomm auf die Vorbühne gestürzt, stutzt.

SCHLUMPF Na, wohin denn mit uns beiden, meine Kleine?
FRIEDA Ins kleine Hotel, mein Dicker.

Sie geht mit Schlumpf auf der Vorbühne an Päuli vorbei, nach links ab, nimmt vom Tisch links ihre Tasche mit dem Strickzeug.

PÄULI *sieht Frieda und Schlumpf nach* Das war doch unsere Frieda.
EGLI »Unsere Frieda«, »unsere Frieda«, ich muß doch sehr bitten, Päuli Neukomm. Du hast zu sagen »Fräulein Frieda Fürst«.
PÄULI Fräulein Frieda Fürst.

EGLI Wie immer, Guillaume.

GUILLAUME *serviert* Ihre Tropfen, Herr Egli.

EGLI

Das ist des Personalchefs Morgen
Täglich geht es so wie heut
Ihr habt es nun gesehn, ihr guten Leut
Ich schleppe diese Bank
Wie Herkules die Welt
Durch menschliche Unzulänglichkeit
Absinth im Glas, die Lippen feucht
Vom Kuß der alten Vettel, vollgestopft mit Geld
Aus Milwaukee
Die Braut verkauft wie ein Stück Vieh
Noch warm vom Leibe eines Kunden
Von Mühen bin ich krank
Geschunden
Andre schindend, kurz, mich deucht
Ich komme um in diesen schlimmen Sorgen
Das ist des Personalchefs Morgen.

Er erhebt sich.

EGLI Päuli Neukomm, gehen wir zur Frau Direktor.

7. Halunken mit Stil sind rar

Zwischenvorhang offen. Direktionszimmer. Im Hintergrund vier Ahnenbilder, vom Fußboden bis zur Decke reichend. Wie dunkle Riesen stehen die Ahnen da: Frank I. bis Frank IV. Links ein Schreibtisch, in der Mitte ein Kanapee, rechts ein Sessel. Hinter dem Schreibtisch sitzt Ottilie.

OTTILIE

Die Zeit, die war einst ideal
Voll Dieb' und Schieber überall
Den Kreuger gab's, den Zar
Und mächtig war, was böse war.
Doch nun verwesen
Die einst gewesen
Und Halunken mit Stil
Und Halunken mit Stil sind rar.

Was ich auch tu, es ist verquer
Das Böse schafft sich riesenschwer
Und kleiner wird die Schar
Der treuen Schurken Jahr für Jahr.
Ach, mitgegangen
Ist mitgehangen
Und Halunken mit Stil
Und Halunken mit Stil sind rar.

Was ich auch späh, was ich auch such
Ich find ihn nicht, es ist ein Fluch
Den Nachwuchs ganz und gar
Ein halber Schelm im Vierteljahr
Ist als Ergebnis
Rein ein Begräbnis
Denn Halunken mit Stil
Denn Halunken mit Stil sind rar.

Von rechts Egli und Päuli.

OTTILIE Richard Egli, Päuli Neukomm. Der Tag entwikkelt sich stürmischer als vorgesehen. Der gute Häberlin ist in der Schalterhalle unabkömmlich. Ich selber bin erschöpft, Lord Leicester gestern erwies sich schwieriger als erwartet. Kappeler hat sich mit Niels Magen aus Kopenhagen auseinanderzusetzen, Schmalz gleich mit drei Schwestern von Bösingen. Na, Schwamm drüber. Und nun erwarten wir die Hotelbesitzerin Apollonia Streuli. Der wackeren Dame las eine Wahrsagerin aus dem Horoskop, sie würde ihr Glück vor dem Café ›Chez Guillaume‹ machen mit einem Landsmann aus Brasilien, namens Hugo von Albersloh. Die Wahrsagerin ist von mir bestochen, der Landsmann ist mein getreuer Richard.

EGLI Selbstverständlich, Frau Direktor. *Notiert* Hugo von Albersloh. Zigarren kaufen.

OTTILIE Ein gutes Geschäft entsteht aufgrund einer Kollektivarbeit. Du hingegen, Päuli Neukomm, hast deine erste selbständige Arbeit im Außendienst zu liefern. *Blättert in Papieren.* Es hat keinen Sinn, sich etwas vorzulügen, Päuli Neukomm. Deine Lage ist mehr als bedenklich. In der Buchhaltung warst du eine Niete und in der Urkundenfälscherei ein reiner Versager. Doch haben wir auf deine geistigen Fähigkeiten Rücksicht genommen und die Schwierigkeiten stark vermindert – wir sind keine Unmenschen. Du hast mit einem Uhrenfabrikanten zu verhandeln. Ein Kinderspiel. Notiere:

Päuli schreibt in ein Notizbüchlein.

OTTILIE Der gute Mann heißt Piaget. Gestern abend in der ›Fantasio-Bar‹ hat ihm unser Schmalz bei drei Whisky-Soda eingeredet, am Großen Haxl in den Ostalpen sei Uran gefunden worden, und heute morgen, wen trifft Piaget zufällig in der Hotelhalle? Unseren Freund Theo Kappeler. Der schwindelt ihm vor, im Café ›Chez Guillaume‹ treibe sich ein Stammkunde namens Oskar Stucki herum, der die Aktien eines Bergwerks zu verkaufen habe. Kommst du drauf, wo dieses schöne Bergwerk liegt, mein Sohn? Auch am Großen Haxl. Und weißt du, wer der Stammkunde Oskar Stucki ist?

PÄULI Keine Ahnung.

OTTILIE Du, Päuli Neukomm. Hier hast du hundert Aktien. Biete sie Piaget an. Mit Phantasie, mein Junge, mit Phantasie. *Übergibt ihm ein Aktienpaket.*

PÄULI Will mir Mühe geben, Frau Direktor.

OTTILIE Fünfhundert pro Aktie. Kauft er, machen wir ein Bombengeschäft, das Bergwerk enthält in Wirklichkeit nichts als wertlosen Schwefelkies. Und er wird kaufen. Wo Profit lockt, wird die Handlungsweise des Menschen vorausbestimmbar. Runter mit euch an den

Quai. Um drei Uhr wird der Uhrenfabrikant kommen, um Möwen zu füttern, er ist ein Tierliebhaber, und auch Apollonia Streuli wird erscheinen, von ihren Sternen getrieben, getreuer Richard. Die Privatbank wünscht euch Glück.

Der Zwischenvorhang schließt sich.

8. Schwefelkies und Alpenglühen

Vorbühne. Links am Tisch Egli, rechts an der Bar Päuli. Von links kommt Piaget, füttert Möwen in der Mitte der Vorderbühne an der Rampe.

PÄULI Guillaume, einen Teller Bündnerfleisch.
EGLI Sehr schön.

Guillaume stellt Päuli einen Teller hin. Päuli geht damit in der Mitte der Bühne zur Rampe und beginnt, mit dem Fleisch die Möwen zu füttern.

PIAGET *schaut verwundert zu* Was tun Sie denn da?
PÄULI Ich füttere Möwen.
PIAGET Mit Bündnerfleisch?
PÄULI Nur das Beste ist gut genug.
PIAGET Ein teurer Spaß.
PÄULI Tierliebhaber. Sie sind alle Gottes Kreaturen und nehmen Teil an meiner Freude. Verkaufe ein Bergwerk.
PIAGET *eifrig* Das Bergwerk am Großen Haxl?
PÄULI Stimmt. *Tut, als stutze er.* Donnerwetter, wie kommen Sie denn darauf?
PIAGET *scheinheilig* Nur so. Hab eben eine Witterung.
PÄULI Das Bergwerk war eine Katastrophe, mein Herr. Ich versuchte vergeblich, Gold aus dem Schwefelkies zu gewinnen, die Zufahrtswege waren viel zu schlecht, nichts rentierte, und ich saß mit meinem Aktienpaket

da. Doch gestern? Ein Wunder: Ein Anruf meiner Bank. Sie kauft.

PIAGET Eine soziale Bank.

PÄULI Es kommt mir vor wie im Märchen.

PIAGET Wieviel bietet sie?

PÄULI Zweihundert pro Stück.

PIAGET Ober, auch Bündnerfleisch.

GUILLAUME Schon bereit. *Überreicht Piaget einen Teller mit Bündnerfleisch.*

Piaget füttert nun auch Möwen.

PIAGET Piaget.

PÄULI Oskar Stucki.

PIAGET Wie viele Aktien besitzen Sie?

PÄULI Hundert.

PIAGET Die Bank bietet zwanzigtausend?

PÄULI Genau.

PIAGET Und wenn ich einundzwanzig biete?

Päuli hört scheinbar erstaunt auf, Möwen zu füttern.

PÄULI Einundzwanzig?

PIAGET Ich bin eben auch sozial.

PÄULI Da stimmt etwas nicht, Herr Piaget. Die Angelegenheit kommt mir auf einmal höchst verdächtig vor.

PIAGET Zweiundzwanzig? *Nimmt Banknoten aus der Tasche.*

PÄULI Nehmen Sie es mir nicht übel, Herr Piaget, aber ich muß mich vorher mal genau informieren.

PIAGET Dreiundzwanzig in Ihre Hand. *Legt Päuli die Banknoten auf den Teller.*

PÄULI Dreiundzwanzigtausend? *Übergibt Piaget das Aktienpaket.* Der Schwefelkies am Großen Haxl gehört Ihnen, Herr Piaget.

PIAGET Herr Oskar Stucki, Sie werden noch von mir hören. *Legt eine Banknote auf seinen Teller und übergibt ihn Guillaume.* Ober, zahle alles! *Geht nach rechts ab.*

Päuli winkt Egli triumphierend mit den Banknoten zu. Dieser ist wütend aufgesprungen, doch schon kommt von links erwartungsvoll Apollonia Streuli. Egli setzt sich geistesgegenwärtig an den Tisch links.

FRAU STREULI Gestatten?

EGLI Bitte, gnädige Frau.

Sie betrachtet Egli geheimnisvoll, setzt sich dann zögernd zu ihm.

FRAU STREULI Ober, einen Espresso.

EGLI Champagner. Vom besten.

Guillaume serviert.
Päuli nimmt einen Barstuhl und setzt sich in die Mitte, begierig, von der Schwindelkunst seines Lehrmeisters zu profitieren.

FRAU STREULI Sie feiern wohl?

EGLI Man hat so seine Einkünfte bisweilen. *Steckt sich eine Zigarre an.*

FRAU STREULI Import?

EGLI Aus meiner neuen Heimat.

FRAU STREULI *freudig* Aus Brasilien?

EGLI Aus Rio.

FRAU STREULI Ich bin aus Steffigen. Ich heiße Apollonia Streuli.

EGLI Hugo von Albersloh.

FRAU STREULI *geheimnisvoll* Ich bin Löwe.

EGLI Ich auch. Und ich hoffe, daß Ihnen die Gestirne ebenso Glück bringen wie mir, gnädige Frau.

FRAU STREULI Ach, Herr Albersloh.

EGLI Sorgen?

FRAU STREULI Ich besitze das Hotel ›Alpenglühen‹. Sie werden's nicht glauben, aber einmal war Steffigen hochberühmt, lauter Lords und so, aber nun ist mein Jugendstiltempel schon das zweite Jahr geschlossen.

EGLI Meine liebe Frau Streuli, da kann man nur hoffen, der Blitz funke mal gründlich in Ihr Palais hinein.

FRAU STREULI Darum bete ich täglich, Herr Albersloh.

Päuli hat sich auf einen fürchterlichen Blick Eglis hin an den Tisch rechts verzogen.

EGLI Wenn ich einen Rat geben darf, meine Verehrte, ganz unverbindlich, versichern Sie Ihr Hotel für vier Millionen. Ich kenne eine kleine Versicherungsgesellschaft – ›Eirene‹ heißt sie –, mit der sollten Sie mal einen Vertrag abschließen.

FRAU STREULI *stutzt* Wozu denn?

EGLI Eine Brandversicherung ist spottbillig. Viertausend im Jahr für vier Millionen. Bitte. *Zählt vier Tausendernoten auf den Tisch.*

FRAU STREULI Viertausend. Und die legen Sie einfach so – so hin?

EGLI Sie haben sich über meinen Champagner gewundert. Sehen Sie, ein weitläufiger Bekannter von mir war in einer ähnlichen Lage wie Sie, besaß eine wertlose Fabrik im Allgäu. Er ließ sie bei der ›Eirene‹ für zwei Millionen versichern, die Fabrik brannte nieder, die Versicherung mußte zahlen, ich erhielt eine Provision, und nun baut sich der Bekannte eine Villa.

FRAU STREULI Und dafür kriegen Sie eine Provision?

EGLI Ich war schließlich zwanzig Jahre Professor der Chemie auf der Universität Rio de Janeiro, Abteilung explosive Stoffe, Frau Apollonia Streuli.

FRAU STREULI Ober, auch Champagner.

GUILLAUME Schon bereit. *Hat ein Glas Champagner hingestellt.*

FRAU STREULI Hugo?

EGLI Apollonia?

FRAU STREULI Ganz konkret: Würde die Sache auch bei meinem Hotel klappen?

EGLI Ich bin Wissenschaftler.

Sie trinken.

FRAU STREULI Professor, nehmen Sie Ihr Geld zurück. Die viertausend für die ›Eirene‹ zahle ich selber.

EGLI Sie werden es nicht zu bereuen haben. In einer Woche treffen wir uns in diesem Café, Sie übergeben mir den Schlüssel Ihres Hotels, Ihr Jugendstiltempel löst sich in Asche auf, und Sie sind eine reiche Frau. Auch mit einer Villa.

FRAU STREULI Ich brauche keine Villa. Ich reise. Zu meinen Lords. Ober, zahle alles. *Legt das Geld hin.*

Sie erheben sich.

EGLI In einer Woche, Apollonia.

FRAU STREULI In einer Woche, Hugo. *Geht nach rechts, kehrt sich noch einmal um, winkt.* Die Sterne lügen nicht. *Nach rechts ab.*

EGLI *freundlich* Nun, Päuli, vergleichen wir mal unsere Geschäfte.

Päuli setzt sich zu ihm.

PÄULI Meines hat großartig geklappt, Herr Egli. Dreiundzwanzigtausend.

EGLI *stinkfreundlich* Dreiundzwanzig.

PÄULI Dreiundzwanzig –, ist etwas nicht in Ordnung?

EGLI *ruhig* Päuli, wieviel solltest du für eine Aktie verlangen?

PÄULI Zweihundert.

EGLI Wieviel hast du aufgeschrieben?

Päuli schaut im Notizbüchlein nach.

PÄULI *erschrickt* Fünfhundert.

EGLI *unheimlich ruhig* Päuli – ich beherrsche mich schon die ganze Zeit. Beherrsche mich bis zum Rasendwerden.

PÄULI Herr Egli –

EGLI *ungeheuerlich ruhig* Kein Wort mehr. Es ist unmenschlich, was ich durchmache, es geht über meine Kraft. Ich begehe Selbstmord, wenn ich mich nicht beherrsche, ich begehe Selbstmord. Siebenundzwanzigtausend können wir in den Kamin schreiben. Du hattest den Auftrag für fünfzigtausend zu verkaufen.

PÄULI Herr Egli! Und was haben Sie mit Frau Streuli gemacht? Das war doch ganz sinnlos, was Sie da taten, daran kann doch die Bank nichts verdienen.

EGLI So. Nichts verdienen. Päuli: Du wohntest eben dem elegantesten Geschäft unserer Tage bei. Ohne es zu merken. *Springt auf, schlägt die Faust auf den Tisch, schreit auf.* Ohne es zu merken! *Setzt sich wieder, atmet schwer.* Päuli: Die Versicherungsgesellschaft ›Eirene‹ gehört unserer Bank, und die verkrachte Hotelbesitzerin besitzt ein Konto auf den Vereinigten Banken über neunhunderttausend. Gehen dir endlich die Augen auf? Ihr Hotel werde ich niederbrennen, aber die Versicherungsgesellschaft ›Eirene‹ wird hinter den Schwindel kommen, und wir haben die saubere Dame aus Steffigen in unserer Gewalt. *Trinkt Champagnerglas leer.* Kein Wort mehr, Neukomm, diskutieren wir nicht mehr darüber, mein Herz schlägt schon ganz unregelmässig. Du hast versagt, Päuli, grausam versagt. Steig jetzt wenigstens in den Keller hinunter.

PÄULI *erschrickt* In welchen Keller, Herr Egli?

EGLI In den Keller unserer Bank.

PÄULI Was soll ich denn im Keller, Herr Egli?

EGLI Ich schicke dir Häberlin heute nacht. Der schwärmt mir zuviel von Zuchthäusern.

Schweigen.

PÄULI Den soll ich?

EGLI Den sollst du.

Schweigen.

PÄULI Das können Sie doch nicht von mir verlangen, Herr Egli –

EGLI Glaubst du, dein Freund Heini sei eine Ausnahme gewesen? Wir haben alle damit angefangen, jeder von uns saß einst wie du in dieser kleinen Bar, am Morgen noch beinahe unschuldig, mittags schon als Gauner, um sich mitternachts mit einer Serviette das Blut von den Händen zu wischen. *Wischt sich den Schweiß ab.* Siebenundzwanzigtausend. Einfach dahin. *Trostlos* Und dabei darf ich mich nicht einmal aufregen. *Springt mit einem Schrei auf.* Mein Gott! Ich muß zur Millionärin.

GUILLAUME Wie immer, Herr Egli.

Egli wankt nach rechts hinaus.

PÄULI

O Sonne, bleibe stehn und sinke nicht
Verbrenn zu Kohle mich, verdampf dein Licht
Ein Jüngling war ich, schuldlos fast, doch jetzt
Wurd ich als kalter Gauner eingesetzt.
Als Mörder drauf. Es wächst die schlimme Tat
Ins Riesengroße, hungert nach Verrat.
Wie wehr ich's noch?
Ein Ende, Gott, setz meiner tiefen Schmach.
Ich fleh dich an.

Frank V., als Priester verkleidet, tritt von links auf.

PÄULI Na schön. Ich gebe nach. *Geht nach rechts ab.*

Guillaume räumt links den Tisch und die zwei Stühle weg.

Der Bartisch rechts wird hinausgeschoben.
Frank V. geht vor den Zwischenvorhang.

9. Ihr Fleisch und Blut

Der Zwischenvorhang teilt sich.
Direktionszimmer wie vorher.
Frank V. wandelt auf und ab.

FRANK V.

Frank der Erste, Ahn, entstiegen bleich
Aus der Armut namenlosem Reich
Siehst entstellt mich, qualvoll alt und weich
Dir entstammt, doch dir in nichts mehr gleich.

Wurdest reich im Sklavenhandel
Deine Flotte stach in See
Blutrot war dein Lebenswandel
Deine Huren weiß wie Schnee.
Hast die Kunden wund geschunden
Nimmer wandte sich dein Glück
Ach, die Zeit ist nun verschwunden
Kehrt, o kehrt nicht mehr zurück.

Hättest, Frank der Zweite, du die Bank
Deines besten Freundes, als er krank
Ausgeplündert, ahntest du, daß dank
Meiner Schulden ich in Armut sank?

Selbst den Papst hast du bestochen
Und der Adel kam zu dir

Oder von dir in die Wochen
Kriege dienten deiner Gier.
Über Leichen gingst gelassen
Völker darbten für dein Glück
Deine Zeit hat mich verlassen
Kehrt, o kehrt nicht mehr zurück.

Von rechts erscheint Ottilie mit einigen Büchern.

OTTILIE Gottfried! Welche Unvorsichtigkeit. Man hört dich bis in die Schalterhalle hinunter. Wenn dich die Putzfrau entdeckt, fliegen wir auf!

FRANK V. Ich halte es in meiner Mansarde einfach nicht mehr aus!

Ottilie legt die Bücher auf den Schreibtisch.

OTTILIE Frank! Es ist kein Vergnügen, deine Witwe zu sein.

FRANK V. Meine Beerdigung vertrieb den letzten Funken Besinnlichkeit aus meinem Dasein.

OTTILIE Dafür zahlte die Versicherung dreihunderttausend.

FRANK V. Ottilie, ich muß als Priester herumschleichen, damit mich niemand erkennt! Noch nie stand es um die Franksche Privatbank so schlecht, und das unter meiner Direktion! Ich habe versagt, unendlich versagt!

OTTILIE Unsinn.

FRANK V. Ich bin kein Bankdirektor, ich bin leider ein durch und durch guter Mensch.

Er wandert klagend durch den Saal.

FRANK V.

Frank der Dritte, als Genie allein
Gründer vom Hongkonger Bankverein
Warst als Chinaboss so hart wie Stein
Gingst als Held in die Geschichte ein.

Rauschgift war dein Haupteinkommen
Weltenweit dein böser Trust
Milliarden eingenommen
Hast du mit dem Preis der Lust.
Saß noch selbst auf deinen Knien
Sangest du von deinem Glück
Ach, die Zeit muß weiterfliehen
Kehrt, o kehrt nicht mehr zurück.

OTTILIE Reg dich nicht auf. Komm. Lies in deinem Goethe oder nimm die Mörike-Studien wieder in Angriff.

FRANK V. *nimmt zwei Bücher* Goethe! Mörike! Ich bin jetzt einfach nicht fähig, mich auf die heile Welt des Geistes zu konzentrieren. Wenn ich meine Ahnen erblicke, sinke ich in den Boden vor Scham. *Wandert weiter.* Die Literatur war ihnen schnuppe. Das Wort Wohltätigkeit haben sie nie gehört, das Innere einer Kirche nie erblickt, aber sie strotzten vor Lebenskraft. Dagegen ich? Sie leiteten Spielhöllen, ich bin Präsident des kirchlichen Hilfsvereins, sie stampften Bordelle aus dem Boden, ich veranstalte Dichterabende! *Schmettert die beiden Bücher auf den Boden.* Und erst ihre Disziplin! Sie ruinierten Kontinente durch ihre Machenschaften, aber ihre Angestellten waren ausnahmslos anständige Leute. Bei mir? Alle gaunern, sogar die Putzfrau stiehlt, und ich wage ihr nichts zu sagen aus Furcht, sie könnte etwas wissen. Ach, warum kann ich nicht einer der gesunden, starken Geschäftsmänner sein, wie es meine Väter waren!

Schaust du, Frank der Vierte, nieder jetzt
Siehst du deinen Sohn von Reu zerfetzt
Menschlichkeit hat ihn so schwer verletzt
Daß nun Trän auf Trän die Wange netzt.

Stürztest Dupont im November
Kamst in Essen an die Macht
Schobst in Erdöl im Dezember
Und im Jänner schon mit Schacht.
Was du triebst, das triebst du munter
Wer sich wehrte, brach in Stück
Ach, auch deine Zeit ging unter
Kehrt, o kehrt nicht mehr zurück.

Es klopft an die Türe rechts.

FRANK V. Die Putzfrau.

OTTILIE Wenn Emmi dich erblickt, ist alles aus!

FRANK V. Ermorde sie auf der Stelle.

OTTILIE Morden! Immer soll ich morden. Morde du einmal.

FRANK V. Ich kann's nicht, Ottilie, ich kann's nicht.

OTTILIE Und dazu noch die Putzfrau, jetzt, wo die so rar sind.

FRANK V. Es muß sein.

OTTILIE Geh ins Nebenzimmer.

FRANK V. Das nützt doch nichts, sie hat mich ja gehört. Erdroßle sie, die arme, arme Emmi.

Es klopft wieder. Frank verschwindet hinter einem

Ahnenbild. Ottilie nimmt ihren Seidenschal von den Schultern, setzt sich hinter den Schreibtisch, bereitet das Erdrosseln vor. Es klopft ein drittes Mal.

OTTILIE Herein.

Von rechts kommt Böckmann.

BÖCKMANN Gnädige Frau.
OTTILIE *erleichtert* Böckmann!

Frank kommt hinter dem Ahnenbild hervor.

FRANK V. Mein Prokurist! Mein bester Freund! Gott sei Dank, Emmi ist gerettet.

Er setzt sich zu Ottilie hinter den Schreibtisch.

OTTILIE Was ist los, Böckmann, warum noch so spät?
BÖCKMANN Mein Leben ist verpfuscht.
FRANK V. Na, alter Freund, na!
BÖCKMANN Ich suchte heute unseren Vertrauensarzt auf. Er schleuderte mir die Wahrheit ins Gesicht.

Schweigen.

BÖCKMANN Ich sage euch nichts Neues, nicht wahr?
OTTILIE Böckmann –

Sie ist empört.

BÖCKMANN Da behauptet man immer, meine Magenbeschwerden seien harmlos, schwört bei allen Himmeln, und auf einmal ist es zu spät.

FRANK V. Doktor Schlohberg ist ein Ehrenmann.

BÖCKMANN Sicher. Er hat noch jeden unserer Morde durch ein Attest gedeckt.

FRANK V. Jeder Arzt kann sich täuschen.

BÖCKMANN Er hat nicht sich, sondern mich getäuscht all die Jahre. Das wißt ihr genau.

FRANK V. Du willst doch nicht behaupten –

Er ist empört.

BÖCKMANN *bestimmt* Doch.

Schweigen. Frank blickt würdevoll seine Gattin an.

FRANK V. Wenn es unbedingt sein muß. Rede, Ottilie.

OTTILIE Immer ich.

FRANK V. Ich kann es einfach nicht. Böckmann ist mein Freund. Mein einziger Freund.

OTTILIE *sucht nach Worten* Böckmann – Doktor Schlohberg – siehst du, Doktor Schlohberg hat uns schon vor zwei Jahren –

BÖCKMANN Vor zwei Jahren?

OTTILIE Doktor Schlohberg riet dringend zu einer Operation, doch wir haben befürchtet –

BÖCKMANN Was habt ihr befürchtet?

OTTILIE Böckmann, wir haben befürchtet, daß du in der Narkose gewisse Aussagen – Doktor Schlohberg operiert selber nicht, und wir hätten dich in eine Klinik schaffen müßen, und das wagten wir eben nicht.

Schweigen.

BÖCKMANN Aus Furcht laßt ihr mich sterben.

FRANK V. Böckmann, ich –

BÖCKMANN Aus Furcht. Alles, was wir tun, tun wir aus Furcht. Aus Furcht vor einer Entdeckung, aus Furcht vor dem Gefängnis, und nun stehe ich auf einmal vor dem Tod, und nun hat mich auf einmal die Furcht eingeholt.

FRANK V. Böckmann, Goethe sagt in seinen Maximen –

BÖCKMANN Laß mich mit deinem Goethe in Ruh!

OTTILIE Böckmann. Ich will Gottfried und mich nicht verteidigen. Du bist unser bester Freund, und wir haben dich verraten. Gut. Aber es geschah nicht nur aus Furcht. Du hast die Wahrheit über dich erfahren, Böckmann, und nun sollst du die Wahrheit über uns erfahren: Wir haben Kinder.

BÖCKMANN *starrt die beiden an* Kinder?

OTTILIE Zwei.

FRANK V. Herbert ist zwanzig Jahre alt und studiert in Oxford.

OTTILIE Nationalökonomie.

FRANK V. Franziska ist neunzehn und wird in Montreux erzogen.

OTTILIE In einem Pensionat.

BÖCKMANN Wissen sie von unseren Geschäftsmethoden?

FRANK V. Sie wissen nichts von unserer Bank.

OTTILIE Wir besitzen am Bodensee eine Villa und empfangen sie bisweilen zum Wochenende und in den Ferien.

FRANK V. Wir führen dort den Namen Hansen.

BÖCKMANN Hansen.

FRANK V. Unter diesem Namen haben wir auch in Spanien eine Villa gekauft. Am Meer.

BÖCKMANN Eure Kinder halten euch für ehrliche Leute?

OTTILIE Sie glauben an uns.

FRANK V. Sie ehren uns.

OTTILIE Sie lieben uns.

FRANK V. Wir führen ein glückliches Familienleben.

BÖCKMANN Ein glückliches Familienleben. Und damit ihr dieses glückliche Familienleben führen könnt, laßt ihr mich krepieren.

OTTILIE Böckmann! Ich bin aufgerieben wie du von unserem bösen Geschäft, eine alte Frau, die sich seit Jahren mit Morphium durch ein ekelhaftes Leben schleppt. Ich bin verloren, ich bin verflucht, Gott mag mit mir verfahren nach seinem Willen, aber meine Kinder sollen nicht so leben müssen wie ich, sie sollen anständige Menschen sein dürfen, Gott gefällig und den Menschen.

FRANK V. Was wir getan haben, haben wir für unsere Kinder getan.

Schweigen.

BÖCKMANN Ihr habt Kinder. Auch für mich bedeuten Kinder das Höchste, Reinste, Unschuldigste. Ich habe mich immer nach Kindern gesehnt. Nicht nach eigenen – als Prokurist ist man etwas skeptisch seiner Erbmasse gegenüber –, aber nach einem Kinderheim oder so. Ich wollte immer eines gründen. Doch jetzt ist alles vorbei.

FRANK V. Ein Schrei! Das war doch ein Schrei.

OTTILIE Päuli Neukomm ist mit dem alten Häberlin im Keller.

FRANK V. Der arme Lukas Häberlin, der gute Lukas Häberlin –

BÖCKMANN Lebt wohl. Ihr findet mich morgen wieder. In der Buchhaltung. Auf meinem Posten. *Geht nach rechts ab.*

FRANK V. Und da sage mir einer, die Geschäftswelt habe nicht ihre Größe. *Nimmt ein Buch, beginnt zu lesen.*

OTTILIE Böckmann hinterläßt zwei Millionen. Die werden uns zufallen.

FRANK V. *legt das Buch auf den Schreibtisch* Ottilie! Böckmann ist mein bester Freund.

OTTILIE Du willst sein Geld nicht nehmen?

FRANK V. Nicht für uns, für unsere Kinder.

Frank nimmt die Lektüre wieder auf.

OTTILIE Na und?

FRANK V. Ottilie! Du bringst mich geistig immer wieder in eine schiefe Lage.

Von hinten rechts schleppt Päuli einen Sarg an und verschwindet damit vorne rechts.
Im Direktionszimmer setzt sich Ottilie neben Frank aufs Kanapee, hält seine Hand.

OTTILIE

Wie die Lage steht, in der wir liegen
Oh, ich kenn sie, immer ist sie schief
Was wir auch brechen oder was wir biegen
Es läuft stets so, wie's lief
Im Geschäft sinkt man halt tief.

Was ich geleistet, mußte so geschehen
Es war nicht gut
Doch den Kindern soll es besser gehen

Doch den Kindern soll es besser gehen
Denn sie sind mein Fleisch und Blut.

Was ich Böses tat auf dieser Erden
Das geschah nur, weil mein Schoß gebar
Denn alle Kinder wollen glücklich werden
Doch diesmal wird es wahr
Und es wird, was niemals war.

Was ich geleistet, wird vergessen werden
Es war nicht gut
Doch den Kindern soll es besser gehen
Doch den Kindern soll es besser gehen
Denn sie sind mein Fleisch und Blut.

10. Brüderlein und Schwesterlein

Leere Vorbühne.
Von links schleift Herbert einen Sarg in die Mitte, bricht ihn mit einer Brechstange auf.

HERBERT Nicht Pappi.

Franziska schleppt einen zweiten Sarg herein, Herbert bricht ihn ebenfalls auf.

HERBERT Auch nicht Pappi.
FRANZISKA Ahnte gleich, die Beerdigung sei faul.
HERBERT Zum Glück haben wir Pappis Aufzeichnungen gefunden.
FRANZISKA Typisch: Er will uns seine Bank verheimlichen, aber Tagebücher muß er führen.
HERBERT Höchste Zeit, den Laden zu übernehmen!
FRANZISKA Höchste Zeit, die Alten hinauszufeuern.

Tanz zwischen den Särgen.

HERBERT

In Oxford wurde ich erzogen
Da lernt ich, was das Leben ist:
Die Ideale sind erlogen
Gesetz ist nur, daß keines ist.
Doch braucht es Ordnung in dem Stall
Die Schweine suchen ihre Koben

Und wer da schwach ist, kommt zu Fall.
Drum bleib, wer kann, nur immer oben
Halt eisern dich an meine Regel:
Nimm guten Wind zum bösen Segel.
Mit der Erkenntnis geht's voran
Mein Schwesterlein, es sei getan
Denn morgen fängt die Zukunft an.

FRANZISKA

In Montreux wurde ich erzogen
Da lernt ich, was die Liebe ist:
Ob Leid, ob Freud, es ist gelogen
Gefühle? Wirf sie auf den Mist.
Ich gab dem Manne mich, dem Weib
Die Leiber wechseln, Lust bleibt ständig
Nimm Geld für diesen Zeitvertreib
Denn nur als Profi bleibst du wendig.
Halt eisern dich an mein Erkennen
Und penn mit jedem, willst du pennen.
Mit dem Berufe geht's voran
Mein Brüderlein, es sei getan
Denn morgen fängt die Zukunft an.

HERBERT Ihr Verbrechen war nicht, uns ihre Bank unterschlagen zu haben –

FRANZISKA An die schönen Familientage am Bodensee denke ich mit Vergnügen.

HERBERT Ihr Verbrechen war, die Bank liquidieren zu wollen, statt sie anders zu führen.

FRANZISKA Ehrlichkeit ist keine Angelegenheit des Innenlebens, sondern der Organisation.

HERBERT Zu ihrer Durchführung gehört eine weitaus größere Rücksichtslosigkeit als zum Ausüben des Schlechten.

FRANZISKA Nur wirkliche Schufte vermögen das Gute zu tun.

HERBERT Die Lage ist durch ihre Schlamperei beinahe hoffnungslos geworden.

FRANZISKA Wir werden es schon schaffen, Brüderlein.

HERBERT Ich zähle auf dich, Schwesterlein.

FRANZISKA Ich bin die Geliebte des Finanzministers geworden.

HERBERT Ich habe mir Päuli Neukomm vorgeknöpft.

FRANZISKA Und nächstens werde ich im Bett des Staatspräsidenten landen.

DIE BEIDEN

Wir sind die Jungen, die da kommen

HERBERT

Geschlüpft aus eurer Weiber Schoß

FRANZISKA

Vor uns hat Gott Reißaus genommen

HERBERT

Der Teufel schreit: Was ist denn los?

FRANZISKA

Wir stürzen euer Babylon

HERBERT

Errichten unsre eignen Tempel

FRANZISKA

Die Tochter eine Hur, der Sohn

HERBERT

Gibt seinem Vater ein Exempel.

FRANZISKA

Es treibt euch jetzo ab, ihr Lieben

HERBERT

Was einst ihr nicht habt abgetrieben

FRANZISKA

Mit diesem Spruche geht's voran

BEIDE

Die Erde wird uns untertan
Denn morgen fängt die Zukunft an.

Die beiden zerren die zwei Särge rechts hinaus und verschwinden.

11. *Die Freiheit ist schön*

Der Zwischenvorhang teilt sich.
In Franks Privatbüro findet an einem langen Tisch eine nächtliche Sitzung statt. Von links nach rechts: Päuli, Schmalz, Kappeler, Ottilie, Frank V., Böckmann, Egli und Frieda Fürst. Frank im Priesterkleid. Im Hintergrund die fünf Riesenbilder, Frank I. bis Frank V.
Frank V. erhebt sich.

FRANK V. Mitarbeiter. Ich sehe mit innerer Bewegung, wie wenige wir geworden sind. Als ich vor vierzig Jahren die Bank meiner Väter übernahm, standen mir über hundert Angestellte zur Verfügung. Nun sind es noch sechs. Gar grausam hat der Tod gewütet, gar manchen treuen Mitarbeiter haben wir verloren, noch vor einer Woche den guten alten Kassierer Häberlin.

Alle erheben sich.

FRANK V. Friede seiner Asche.

Er macht ein Zeichen, die andern setzen sich wieder.

FRANK V. Doch, Freunde, wir haben uns in dieser nächtlichen Stunde nicht versammelt, unsere lieben Toten zu beklagen. Etwas Unerwartetes ist eingetroffen, die Liquidierung der Bank mit einem Schlag in Frage gestellt. Die Direktion hat einen Brief erhalten. Ein Unbekannter weiß alles über uns. Ein Unbekannter droht, uns der Polizei zu übergeben, wenn wir ihm nicht in einer Woche zwanzig Millionen zahlen.

Stille.

PÄULI Verflucht.
SCHMALZ Hauen wir ab.
KAPPELER Unsere Flucht ist vorbereitet.
SCHMALZ Wozu das Jubiläum abwarten.
KAPPELER Seien wir nicht romantisch.
FRANK V. Mitarbeiter. Wir können nicht fliehen. Der Unbekannte ist nicht nur über meine falsche Beerdigung unterrichtet, er kennt auch den Ort, wo ich mit meiner Gattin untertauchen wollte.

Gibt den Brief Päuli, Schmalz und Kappeler hinüber.

PÄULI Verdammt.
KAPPELER Er weiß auch, daß ich mich nach Teneriffa absetzen will.
SCHMALZ Und ich nach Kanada.

Sie geben den Brief zurück.

FRANK V. Freunde. Es bleibt uns nichts anderes übrig, als abzuwarten. Wir wissen nicht, wer der Erpresser ist, wir wissen nicht, ob er ein Fremder ist oder – auch das ist leider möglich – einer unter uns.

Stille.

SCHMALZ Neukomm. Das ist klar. Der Neue.

KAPPELER Oder du, Schmalz.

EGLI Am meisten habe ich dich in Verdacht, Kappeler, mit deiner schwangeren Freundin. Eine Vaterschaft macht geldgierig.

KAPPELER Herr Egli –

FRANK V. Freunde. Wir wissen nur eines: Der Kampf wird unbarmherzig sein. Ich erteile unserem Prokuristen das Wort. Er wird kurz die wirtschaftliche Lage erörtern. Unser langjähriger treuer Mitarbeiter, der unermüdlich unsere falsche Buchhaltung in Ordnung hält: Emil Böckmann.

Er setzt sich, man klopft beifällig auf den Tisch, Böckmann erhebt sich.

BÖCKMANN Mitarbeiter, Freunde. Zwanzig Millionen werden verlangt. Sind wir in der Lage, diese Summe zu zahlen, falls es zum Schlimmsten kommt, denn auch mit dem Siege des Erpressers müssen wir leider rechnen? Ich will nun nicht von den Schulden reden, die noch aus der Zeit Franks des Vierten, ja Franks des Dritten stammen, die ja schon längst die Fünfhundert-Millionen-Grenze überschritten haben; wen hätte deren Mätressenwirtschaft nicht schon ruiniert! Nein. Wir müssen vielmehr unsere Aufmerksamkeit auf die Reserve richten. Freunde, Mitarbeiter. Unsere Reserve sollte vierzig Millionen betragen, sollte, heute weist sie knapp fünf Millionen auf, zählen wir die anderthalb Millionen mit, die uns der arme, gute Häberlin vermachte. Den Grund kennt ihr alle. Jeder von uns hat sich heimlich einen Tresorschlüssel angeschafft und die gemeinsame Kasse geplündert. Der Zahlenkode ist ohnehin bekannt. In Ordnung. Das Geld ist hin. Doch fehlt es nun entscheidend zu den zwanzig Millionen. Seien wir ehrlich. Nicht alles wurde verjubelt, ein jeder hat sich seinen Teil auf die Seite geschafft. Es gibt deshalb nur eine Lösung. Wir müssen unsere Ersparnisse abliefern. *Setzt sich.*

KAPPELER Ich habe nichts auf der Seite.

SCHMALZ Was verdienen wir schon. Einfach lächerlich.

FRANK V. Ich übergebe meiner lieben Gattin das Wort: Unsere tapfere Mitkämpferin Frau Direktor Ottilie Frank.

Man klopft Beifall, Ottilie erhebt sich mit einem Notizbuch.

OTTILIE Freunde. Ich habe unsere Ersparnisse notiert. Frank und ich vertrauten fünf Millionen den Vereinigten Banken an, auf Privatkonten. Obligationen, Aktien und Hypotheken waren uns aus steuerlichen Gründen zu riskant. Böckmann legte zwei Millionen bei der Staats- und Egli dreieinhalb Millionen bei der Regionalbank an. Ebenfalls auf dieser Bank hat Frieda Fürst fünfhunderttausend liegen. Kappeler brachte seine Million bei der Bankunion unter, dazu weitere vierhunderttausend bei der Handels-AG, Schmalz achthunderttausend bei der Pecunia, und Neukomms zweihunderttausend, die er uns gestern aus der Pensionskasse stahl, befinden sich noch unter seinem Bett. Das Geld ist in fünf Tagen abzuliefern. *Setzt sich.*

FRANK V. Ebenso die Nachschlüssel.

Stille.

KAPPELER Abliefern?
SCHMALZ Was ich mir vom Munde absparte?
FRIEDA Was ich sauer verdiente?

Päuli springt auf.

PÄULI Die zweihunderttausend hergeben? Ich? Was tat ich nicht alles für euch, ihr Ehrenmänner! Ich ermordete den alten Kassierer Häberlin, und dann?

Als Miss Stähli
Aus New Delhi
Ihre Konten heben wollte
War nur ich es, der sich trollte
Und sie unters Auto rollte
Sie ging in die Ewigkeit
Ihr mußtet nicht blechen
Doch ich? Schlaflosigkeit!

Setzt sich wieder.

FRIEDA Schlaflosigkeit?

Alle brechen in Gelächter aus. Ottilie erhebt sich.

OTTILIE So. Unter Schlaflosigkeit leidet das Bürschchen. Ich will dir mal erzählen, was ich geleistet und gelitten habe!

Als Lord Leicester
Aus Manchester
Seine Erbschaft einst verlangte

Und das ganze Bankhaus bangte
Weil das Bargeld uns nicht langte
Macht' den Hund ich selber stumm
Ihr wurdet gerettet
Doch ich? Morphium!

Setzt sich wieder.

ALLE

Die Freiheit ist schön, ach, das wissen wir alle
Doch willst du sie greifen, vergeht sie im Nu
Denn wer am Speck sitzt, sitzt in der Falle
Und willst du hinaus, klappt die Falle zu.

Kappeler springt auf.

KAPPELER

Als Niels Magen
Kopenhagen
Die Bilanz bezweifelt hatte
Packte ich ihn nicht in Watte
Schickte Gift der alten Ratte
Mit dem Zweifeln war es Schluß
Ihr wurdet erlöst so
Doch ich? Darmverschluß!

Bleibt stehen, weil Egli aufspringt.

EGLI Darmverschluß! Darmverschluß! Ein Vermögen gäb ich her, wenn ich bloß einen Darmverschluß hätte!

Als Herr Glauser
Der Schaffhauser

Ständerat, sein Geld vermißte
Stopft' ich ihn in eine Kiste
Die ich in die Limmat hißte
Und die Lage war erstarkt
Ihr kamet davon noch
Doch ich? Herzinfarkt.

Bleibt stehen, weil Schmalz aufspringt.

SCHMALZ Kommen Sie mir doch nicht immer mit Ihrem Herzinfarkt, Herr Egli. Ich an Ihrer Stelle –

Frieda Fürst springt auf.

FRIEDA Herr Gaston Schmalz. Richard reibt sich auf, weiß Gott, er tut seine Pflicht, und ich – ich will dir mal was berichten, mein Süßer, hör mal genau zu:

Hans von Pahlen
Aus Westfalen
Roch, daß ich mit euch verbunden
Hat mich an das Bett gebunden
Brauchte mich zu allen Stunden
Grausam war der böse Bock
Ich habe geschwiegen
Doch dann? Elektroschock!

Kappeler rennt vom Tisch nach links.

KAPPELER Jetzt fängt auch noch die Hure an zu jammern!

Egli brüllt auf.

EGLI Herr Theo Kappeler!

Schmalz rennt vom Tisch nach rechts.

SCHMALZ Elektroschock, das bißchen Elektroschock, das ist doch Mumpitz.

Als ich gestern
Mit drei Schwestern
In das nahe Wäldchen steure
Seh mich noch, wie ich jetzt feure
Auf die Leiche Schwefelsäure
Ringsherum da war es Lenz
Ihr Geld war für euch nur
Doch ich? Impotenz!

Egli geht auf Schmalz los.

EGLI Schweig doch, Schmalz, das interessiert wirklich keinen Menschen!
SCHMALZ Aber mich interessiert es, Herr Personalchef!

Schmalz geht auf Egli los.

OTTILIE Ruhe! Ist das eine Sitzung? Auf die Plätze!

Sie gehen auf die Plätze, setzen sich kleinlaut, singen leise den Refrain.

ALLE

Die Freiheit ist schön, ach, das wissen wir alle
Doch willst du sie greifen, vergeht sie im Nu

Denn wer am Speck sitzt, sitzt in der Falle
Und willst du hinaus, klappt die Falle zu.

Böckmann erhebt sich.

BÖCKMANN
Als aus Olten
Herbert Molten
Meine Bücher revidierte
War ich es, der sich nicht rührte
Als man ihn hinunterführte
Gnade meiner Tat, Gott geb's
Bald find ich den Richter
Ich habe Krebs.

Frank springt auf.

FRANK V. Genug jetzt! Schämt ihr euch nicht?

Böckmann setzt sich verschüchtert.

FRANK V. Das sind doch Lappalien!
All die Klagen
All die Plagen
Nichts sind sie vor meinen Leiden.
Meinen Goethe muß ich meiden
Und von Mörike gar scheiden
Bin vom Bankgeschäft vereist.
Ihr leidet am Leib nur
Doch ich am Geist!

ALLE *wild*
Die Freiheit ist schön, ach, das wissen wir alle
Doch willst du sie greifen, vergeht sie im Nu

Denn wer am Speck sitzt, sitzt in der Falle
Und willst du hinaus, klappt die Falle zu.

Egli springt auf, geht zur Wand links hinüber.

EGLI Herrschaften! Ich finde eure Haltung ja hundserbärmlich. Da werdet ihr mit »Freunde und Mitarbeiter« angeredet – na schön, das ist Sache der hohen Direktion –, aber ich als euer Personalchef mache da nicht mit. Ihr seid Schurken, habt aus beruflichen Gründen Schurken zu bleiben, und so will ich denn mit euch in einer ganz anderen Sprache reden.

Er zieht zwei Revolver hervor, Päuli, Schmalz und Kappeler halten die Hände hoch.

EGLI In fünf Tagen kommt mir jeder mit den Moneten anmarschiert, verstanden? Und daneben wird wieder einmal hart gearbeitet. Auch mit unseren Ersparnissen fehlen mehr als sieben Millionen. Die müssen rein, und wenn wir die ganze City auszuplündern haben; und will jemand mit seinem Ersparten abhauen, nach Teneriffa oder so, die hohe Direktion im Stich lassen, soll er gleich die Rechnung mit dem Himmel machen. Pflichtbewußtsein, ihr Gauner, Kameradschaftsgeist, ihr Halunken, Verantwortungsgefühl, ihr Mörder! Oder ich knalle euch alle über den Haufen!

Frieda Fürst springt auf.

FRIEDA Richard! Ich gebe mein Geld nicht her.

Egli läßt die Revolver faßungslos sinken.

EGLI Frieda.

FRIEDA Schon seit Jahren will man mit der Bank Schluß machen, und immer kommt etwas dazwischen. Jetzt diese Erpressung! Wer sagt uns denn überhaupt, daß dies stimmt?

FRANK V. Aber Fräulein Frieda!

BÖCKMANN Der Brief des Erpressers ist schließlich eine Tatsache!

FRIEDA Dieser Brief kann geradesogut von der Direktion abgefaßt worden sein, um uns weiterhin vor den Karren zu spannen. Das Personal mag handeln, wie es will. Ich gebe mich dazu nicht her, ich habe all die Phrasen satt. Meine Fünfhunderttausend bleiben, wo sie sind: Auf der Regionalbank. *Setzt sich wieder.*

Alle schauen auf Frank.

FRANK V. Ottilie, rede du.

OTTILIE *leise* Immer ich.

Sie erhebt sich majestätisch.

OTTILIE *in eiskalter Ruhe* Fräulein Frieda Fürst. Sie lassen uns also im Stich, ja, Sie werfen uns sogar Betrug vor. Reden wir ehrlich miteinander. Ich will jetzt Ihre himmeltraurige innere Einstellung übersehen und nur von Ihren beruflichen Fähigkeiten reden! Die lassen enorm zu wünschen übrig, Fräulein Frieda Fürst. Ich erwähne den Fall Schlumpf. Statt neuntausend brachten Sie dreitausend mit der erstaunlichen Begründung, der Betreffende habe eine kranke Mutter zu unterhalten und spüre überhaupt das Nachlassen der Konjunktur. Weiter: Vom Tiefbauingenieur letzthin heimsten Sie gar nur zweitausend ein und gaben zur Antwort, dessen Lungen seien angegriffen. Ich bringe nur diese zwei Beispiele, Fräulein Frieda Fürst. So geht das nicht weiter. Ihre Sentimentalitäten ruinieren uns.

FRIEDA Frau Ottilie Frank. Ich bin zweiundzwanzig Jahre –

OTTILIE *gefährlich* Ich weiß, Fräulein Frieda Fürst. Zweiundzwanzig Jahre üben Sie in unserem Geschäft Ihr Metier aus. Doch würde ich mich an Ihrer Stelle nicht damit brüsten. Es tut uns leid, wir müssen eine jüngere Kraft suchen. Die Annonce ist bereits aufgegeben.

Sie setzt sich. Stille. Frieda Fürst erhebt sich.

FRIEDA *ruhig und entschlossen* Frau Frank. Ich weiß, was eine Entlassung in dieser Bank bedeutet. Sie wollen mich umbringen lassen, wie man alle umbrachte, die man nicht mehr brauchen konnte. Ich soll in den Keller. Frau Frank, ich bin keine Frau wie Sie, ich bin keine Dame. Was ich tat, tat ich aus Liebe. Ich will einmal Richard Egli heiraten. Sie werfen mir mein Alter vor, Frau Frank. Es stimmt, ich bin vierzig, aber darum lasse ich mir keine Stunde mehr von Ihnen rauben, denn ich will noch Kinder bekommen, Frau Frank, mit meinem Richard eine Familie gründen. Sie glauben, mit mir wie mit anderen verfahren zu können. Sie täuschen sich gewaltig, Frau Frank. Sie kennen nichts anderes als Ihr Geschäft und Ihr Geld. Aber nun sollen Sie die Macht der Liebe erfahren. Richard wird mich beschützen, Frau Frank. Ich pfeife auf Ihre Drohung! *Setzt sich.*

Schweigen.

OTTILIE Gottfried, heb die Sitzung auf.
FRANK V. *erhebt sich* Meine Herren, die Sitzung ist beendet.

Die anderen erheben sich ebenfalls. Frank führt Ottilie nach links hinten ab, die anderen folgen, nur Frieda Fürst bleibt an ihrem Platz am rechten Ende des Tisches, Egli setzt sich langsam ans linke Ende, so daß zwischen den beiden der große lange Sitzungstisch ist.

FRIEDA Der hab ich's aber gegeben. Ganz bleich ist sie geworden und nur so hinausgetaumelt.
EGLI Ich weiß nicht, Frieda.
FRIEDA Richard. Wir müssen fliehen. Noch in dieser Stunde. Wir müssen aus dieser Stadt, aus diesem Land, irgendwohin, wir haben ja Geld.
EGLI Schau, Frieda –
FRIEDA Wir lieben uns, Richard. Ich bin in Gefahr, wenn ich nicht fliehe. Sie werden mich in ihrem gräßlichen Keller ermorden.
EGLI Das bildest du dir doch nur ein, Frieda.
FRIEDA Alle haben sie ermordet!
EGLI Ich kann die Bank doch jetzt unmöglich im Stich lassen, Frieda, sas mußt du einsehen, das Geschäft macht wirklich eine schwere Stunde durch, Herrgottnocheinmal!
FRIEDA *starrt ihn an* Richard, du stellst dich auf die Seite der Bank?
EGLI Frieda, das mußt du verstehen –
FRIEDA Du willst nicht mit mir fliehen?
EGLI Frieda, du weißt, ich darf mich unter keinen

Umständen aufregen. Ich bitte dich, mach's mir nicht schwer.

Frieda wagt kaum zu atmen.

FRIEDA Was soll ich dir nicht schwermachen, Richard?
EGLI Du weißt genau, was ich meine. *Wird vorwurfsvoll.* Siehst du, jetzt muß ich schon wieder tropfen.

Er nimmt ein Stück Zucker, zählt die Tropfen ab. Sie begreift.

FRIEDA Ich verstehe.
EGLI Es muß eben sein, Frieda.
FRIEDA Verzeih, daß ich dich aufgeregt habe.
EGLI Es fällt mir schwer, Frieda. Wirklich.
FRIEDA Im Keller?
EGLI Wie immer.
FRIEDA Gleich?
EGLI Bald.

Die Melodie von ›Einmal wird es anders sein, einmal liegen wir zu zwein‹ erklingt.

FRIEDA Kalt ist es auf einmal.
EGLI Der Morgen ist gekommen. *Erhebt sich.*
FRIEDA Ich will mich nur noch schminken.

Er wartet. Sie nimmt aus dem Täschchen ihr Sparheft, schiebt es über den Tisch.

FRIEDA Hier hast du mein Sparheft.

EGLI Ich danke dir. *Nimmt es entgegen.*
FRIEDA *steht auf* O. K. Gehn wir in den Keller.

Sie gehen nach rechts hinten.

12. Madame darf aufatmen

Leere Vorbühne.
Ottilie und Richard Egli begegnen sich.

EGLI Madame, unsere Absicht, ins Ölgeschäft hineinzusteigen, ist leider vereitelt, die Millionärin reiste nach Milwaukee zurück.

OTTILIE Über unserer Bank ziehen sich dunkle Wolken zusammen.

EGLI Es gibt auch Lichtblicke, Madame. Meine Bemühungen, den nötigen Nachwuchs herzuschleppen, hatten endlich Erfolg. Zwar erwies sich der Banknotenfälscher in Linz als eine Niete, der Schuft ist ein ehrlicher Graphiker geworden, und der Taschendieb in Augsburg tritt jetzt im Zirkus auf, doch habe ich dafür eine neue tüchtige Angestellte aufgetrieben.

OTTILIE Ihr Name?

EGLI Den würden wir schon noch kennenlernen, sagte sie. Wir dürfen aufatmen, Madame. Sie sprach mich im Stadtpark an, auf der Bank vor dem Heldendenkmal verschwand meine goldene Uhr, beim Imbiß in der ›Ewigen Lampe‹ meine Brieftasche, und als wir im kleinen Hotel beieinanderlagen, hatte ich ihr vor Begeisterung schon einen Vorschuß von fünfzigtausend versprochen.

OTTILIE Die goldene Uhr kannst du auf die Spesen setzen.

EGLI Danke, Madame.

OTTILIE Den Vorschuß mußt du ihr selber wieder abknöpfen.

EGLI Nicht nötig, Madame. Ich habe ihr den Check auf unsere Bank ausgestellt.

OTTILIE Getreuer Richard, lebe wohl.

Ottilie rechts, Egli links ab.

13. Das Weib stößt zu

Der Zwischenvorhang teilt sich.
Böckmanns Schlafzimmer. In der Mitte das Bett mit dem Kopfende gegen das Publikum, so daß man nur Böckmanns Hände sieht, die sich vor Schmerz im Eisengitter verkrallen. Links vom Bett ein Stuhl, rechts neben dem Kopfende ein Nachttisch, hinten rechts ein Tisch.
Von links kommt Frank als Priester verkleidet zu seinem sterbenden Freund.

BÖCKMANN Hochwürden! Dank, daß Sie gekommen sind.

FRANK V. Böckmann. Ich bin's doch, Frank, dein bester Freund.

BÖCKMANN Die Schmerzen.

FRANK V. Nur Mut.

BÖCKMANN Die Angst.

FRANK V. Nur Mut.

BÖCKMANN Ich sterbe.

FRANK V. Nur Mut.

BÖCKMANN Du nennst dich meinen besten Freund und kommst als falscher Priester zu mir.

FRANK V. Böckmann. Man darf mich doch nicht als Frank erkennen, das wäre unser aller Ende.

BÖCKMANN Unser aller Ende. Ich nehme ein Ende, ob du dich nun verstellst oder nicht, falscher Priester. Du glaubst, dein Kleid sei notwendig, wie alle unsere

Verbrechen. Nichts war notwendig, falscher Priester, nicht der kleinste Betrug, nicht ein einziger Mord.

FRANK V. *setzt sich ans Bett* Aber Böckmann. Wir konnten doch nicht anders. Das Erbe war allzu bitter. Du kennst sie ja, die unvorstellbaren Gaunereien unserer Väter, du weißt, daß uns keine andere Wahl blieb, als weiterzumorden und zu betrügen, daß es unmöglich war umzukehren.

BÖCKMANN *packt Frank am Priesterrock* Du lügst. In jeder Stunde hätten wir umkehren können, in jedem Augenblick unseres bösen Lebens. Es gibt kein Erbe, das nicht auszuschlagen wäre, und kein Verbrechen, das verübt werden muß. Wir waren frei, falscher Priester, in Freiheit erschaffen und der Freiheit überlassen! *Er sinkt wieder zurück.* Hebe dich von meinem Sterbebette, du Gespenst, stürze dich in dein Grab zurück, gleich wird Pfarrer Moser kommen.

FRANK V. *erhebt sich erschrocken* Du läßt einen Priester kommen?

BÖCKMANN Ich will sterben, wie meine Väter starben.

FRANK V. Du willst beichten?

BÖCKMANN Ich will Buße tun. Ich bereue mein Leben. Ich will diese höllischen Schmerzen nicht auch noch in der Ewigkeit erleiden.

FRANK V. Aber Böckmann. Gott ist doch ganz von selber gnädig, du wirst schon sehen, du brauchst gar nicht zu beichten bei der unermeßlichen Gnade Gottes.

BÖCKMANN Du wagst es, von Gnade zu reden, falscher Priester, den Namen Gottes auszusprechen? Und wenn Gott mir nicht gnädig ist? War ich gnädig? Hatte ich Mitleid mit dem armen Herbert Molten und all den andern? Ich will Schluß machen mit meinen Sünden, bevor der Tod mit mir Schluß macht. Eines echten Priesters Ohr soll meine Verbrechen vernehmen. Ich will nicht verlassen sein in der Stunde des Gerichts. Jemand soll für mich um Gnade bitten, einer, der unbeteiligt ist an meinen Schurkereien, jemand, der das Recht zu dieser Bitte besitzt, auch wenn sie noch so ungeheuerlich ist.

Von links kommt Ottilie mit ihrer großen Handtasche. Frank geht zu ihr.

FRANK V. Da bist du endlich. Er läßt einen Priester kommen.

OTTILIE Das habe ich mir gleich gedacht.

FRANK V. Will beichten. Das ist doch einfach mittelalterlich.

BÖCKMANN Jeder Verbrecher darf beichten. Der gemeinste Schurke. Und ihr wollt es mir verbieten.

Ottilie geht zum Fußende des Betts.

OTTILIE Lieber Böckmann. Du bist gar kein Verbrecher. Im Gegenteil. Du wolltest dein Leben lang ein Kinderheim gründen. Du wurdest bloß durch widrige Umstände daran gehindert.

BÖCKMANN Die Schmerzen.

OTTILIE Nur Mut.

BÖCKMANN Die Angst.

OTTILIE Nur Mut.

BÖCKMANN Ich muß sterben.

OTTILIE Nur Mut.

BÖCKMANN Der Priester ist schon auf dem Wege zu mir,

der Diener Gottes. Ich werde ihm alle meine Verbrechen entgegenschreien.

FRANK V. Es geht schief, ich weiß, es geht schief.

OTTILIE So. Schon auf dem Wege. Mein lieber, lieber Böckmann, wie konntest du uns das antun, uns, deinen besten Freunden, die Leid und Freud mit dir geteilt haben ein Leben lang. Liegst auf dem Sterbebette Aug in Aug mit der Ewigkeit und begehst noch eine so schändliche Sünde. Einen Priester rufen!

FRANK V. Wenn ich denke, wie mein Vater gestorben ist! Mit Hohngelächter, Böckmann, mit Hohngelächter, weiß Gott, das war ein Sterben.

OTTILIE Wirklich, Böckmann, das ist nicht fair von dir, das haben wir wirklich nicht um dich verdient. Beichten. Man traut seinen Ohren nicht. Kein Außenstehender darf je von unseren Geschäftsmethoden erfahren, das weißt du genau! Natürlich gibt es ein Beichtgeheimnis, aber ein Priester ist schließlich auch nur ein Mensch, und wenn er eine Bemerkung fallenläßt, irgendwo, was dann? Aber nun Schwamm darüber, keine Diskussion mehr.

Sie geht zum Kopfende des Betts, wischt Böckmann den Schweiß ab.

OTTILIE Wir haben deine Schmerzen zu lindern. Die sind ja grauenhaft. Ich werde dir eine Spritze geben. Doktor Schlohberg hat sie verordnet. Gottfried, verriegle die Türe.

FRANK V. Jawohl, Ottilie, sofort. *Geht nach links.*

BÖCKMANN Ich will beichten! Ich will bekennen! Ich will das Riesengewicht der Sünden von meiner Seele wälzen!

FRANK V. Verriegelt.

Ottilie geht zum Tisch rechts hinten, bereitet die Spritze vor.

OTTILIE Und nun steh nicht so herum, tu wenigstens etwas, dein bester Freund kann jeden Augenblick das Zeitliche segnen, erbaue ihn, gib ihm Trost, du hast doch eine so schöne Stimme und siehst, wie er leidet.

FRANK V. Natürlich, Ottilie, selbstverständlich. *Er setzt sich ans Bett.*

Es ist Nacht
Dunkle Nacht
Ohne Ende Nacht.
Ach, was hab ich gemacht
Fast ins Grab den Freund gebracht.
Ungenannt
Hielt er stand
Jeder Schwierigkeit.
Seine Zeit
War nur meinem Geschäfte geweiht.

BÖCKMANN Gott, ich habe dich verraten in jedem Augenblick meines Lebens, aber nun hilf mir, Gott! Errette mich aus den Händen meiner Freunde, laß den Priester kommen, deinen Diener!

OTTILIE Sing, Gottfried, gib ihm Frieden, gib ihm Ruhe.

Zieht sorgfältig die Spritze auf, Frank erhebt sich.

FRANK V.

Es ist Nacht
Tiefe Nacht

Ohne Ende Nacht.
Ach, was hab ich gemacht
An das Grab den Freund gebracht.

BÖCKMANN Beichten – Gnade –

FRANK V.

Was ich trog
Was ich schob
Deckte treu er zu.
Was ich schieb ohne ihn
Schieb ich nun ohne Ruh.

BÖCKMANN Beichten. Ich möchte beichten.

Ottilie hält die Spritze hoch, prüft sie.

FRANK V.

Es ist Nacht
Mitternacht
Ohne Ende Nacht.
Ach, was hab ich vollbracht
In das Grab den Freund gebracht.

OTTILIE Mächtiger, majestätischer. *Geht zur rechten Seite des Betts, nimmt Böckmanns Arm.*

FRANK V.

Drum, mein Weib, stoß zu
Er ist müd, braucht Ruh.
Was er tat, war für uns
Und so tu's nun ihm du.

Ottilie stößt mit der Spritze zu. Böckmann schreit auf.

BÖCKMANN Gott! Erhöre mich! Laß den Priester kommen, Gott!

FRANK V.

Ach, mein Freund, ’s ist vorbei
Vor dem Hahnenschrei.
Wird es Licht
Bist du nicht
Du bist Aas
Und der Morgen wie Glas.

Böckmann stirbt. Ottilie geht zum Tisch rechts hinten.

FRANK V.

Prokurist
Wer da fällt
Für das Geld
Steht nicht auf
Gib’s jetzt auf
Ohne Sinn
Und Gewinn
War dein Lauf.

Jemand klopft.

FRANK V. Der Priester.
OTTILIE Geh ins Nebenzimmer.

Frank geht nach links hinten, Ottilie nach links.

OTTILIE Sie kommen zu spät, Pfarrer Moser. Emil Böckmann ist soeben sanft entschlafen.

14. Hin und Her

Vorbühne.
Guillaume stellt links den kleinen Tisch mit den zwei Stühlen auf, rechts wird die Bar hereingeschoben.
Egli kommt mit einem schweren Koffer, setzt sich an den kleinen Tisch links.

EGLI Wie immer, Guillaume.
GUILLAUME *serviert* Ihr Absinth, Herr Egli.

Gaston Schmalz kommt mit einem schweren Koffer, setzt sich an den Bartisch rechts außen.

SCHMALZ Auch Absinth, Guillaume.
GUILLAUME Sehr wohl, Herr Schmalz. *Serviert.*
EGLI Herr Gaston Schmalz.
SCHMALZ Guten Morgen, Herr Egli.
EGLI Ich hoffe, du hast deine Ersparnisse mitgebracht?
SCHMALZ Jawohl, Herr Egli.
EGLI Sonst bist du gar feierlich mit deinem neuen Mercedes vorgefahren, und heute kommst du schlicht zu Fuß.
SCHMALZ Ich mußte ihn abschleppen lassen, Herr Egli, jemand hat mir die Pneus aufgeschlitzt.
EGLI Und deinen gefälschten Paß gestohlen. Dieser Jemand war ich, mein Sohn. Wolltest abhauen, zuerst ans Meer und dann nach Kanada, unsere werte Bank sitzenlassen.

SCHMALZ Aber Herr Egli –

EGLI Und weißt du, wen ich gestern spät im Nachtexpress getroffen habe? Rein zufällig? Auf der Reise nach seinem geliebten Teneriffa? Unseren lieben Freund und Mitarbeiter Kappeler. Es war sehr dunkel und mit der Tür des letzten Wagens wohl etwas nicht in Ordnung, sie ließ sich plötzlich öffnen, der Teure konnte mir noch gerade die Ersparnisse übergeben und sauste dann vor meinen Augen in die Tiefe. Auch zu den Ahnen. Der Zug fuhr seine hundertzwanzig.

SCHMALZ Hin ist hin, Herr Egli.

Päuli kommt mit einem schweren Koffer, setzt sich links neben Schmalz.

PÄULI Auch Absinth, Guillaume.

GUILLAUME Sehr wohl, Herr Neukomm. *Serviert.*

EGLI Herr Päuli Neukomm.

PÄULI Guten Morgen, Herr Egli.

EGLI Deine Ersparnisse.

PÄULI Mitgebracht, Herr Egli.

EGLI Päuli Neukomm. Du hast gewisse Fortschritte gemacht, das will ich nicht leugnen, den Getreidehändler letzthin hast du ganz ordentlich hereingelegt. Was dir aber noch fehlt, ist der letzte Schliff, die Raffinesse der Menschenbehandlung.

PÄULI Werde mich vervollkommnen, Herr Egli.

Der Uhrenfabrikant Piaget kommt, stutzt, wie er Päuli sieht.

PIAGET Junger Mann, da sind Sie ja! Hier einen Tausender!

PÄULI Aber Herr Piaget –

PIAGET Hier noch einen.
PÄULI Ich weiß nicht –
PIAGET Noch einen.
PÄULI Herr Piaget, ich –
PIAGET Noch einen.
PÄULI Aber ich – Herr Piaget – ich weiß nicht –
PIAGET Und einen Tausender für Sie, Herr Ober. Und für mich auch ein Glas Absinth.

Guillaume serviert.

PIAGET Junger Mann, Sie sind noch jung und unerfahren im Erwerbsleben, und so will ich Ihnen denn zu Ihrer Belehrung demonstrieren, was ein Riecher ist, eine Witterung für große Geschäfte. Schauen Sie: Als Sie mir da vor einigen Wochen die Aktien eines Bergwerks andrehten, wäre jeder überzeugt gewesen, einem Gauner gegenüberzustehen, jeder. Bitte, wer verkauft schon Aktien eines Bergwerks, das ist doch ein uralter Trick, aber ich, mit meinem unfehlbaren Instinkt für die hundertprozentige Chance, den man nur in der Uhrenindustrie entwickelt, wittere gleich mit überirdischer Lichtgeschwindigkeit, daß gerade Sie die große Ausnahme sind, mit einem Wort: ein goldehrlicher Trottel, der mir ein Bergwerk ausgerechnet am Großen Haxl verkauft, wo doch Uran gefunden worden ist. Ich schmeiße Ihnen zwanzig Mille hin, bitte schön, eine ganz schöne Summe für einen so jungen Mann, und gehe noch am gleichen Tage zu Professor Stab, der ein Schulkamerad von mir und ein berühmter Geologe ist, und berichte ihm von meiner übersinnlichen Witterung. Der beschaut sich das Bergwerk, lacht sich die

Hosen voll: Guter Piaget, da hast du nichts als Schwefelkies, von Uran keine Spur – da fängt sein Geigerzähler an zu knattern wie ein Maschinengewehr, und wir stehen vor dem reichsten Uranvorkommen der ganzen Ostalpen. *Er trinkt das Glas Absinth aus.* Junger Mann, es war mir eine Ehre. Hier haben Sie noch einen Tausender, bin über Nacht der reichste Mann des Landes geworden durch meine übersinnliche Nase. Weiß der Teufel, was Sie bewogen haben mag, mir eine solche Goldgrube an den Kopf zu werfen, aber das ist ja Ihre Sache. Das hochgradigste Uran weit und breit, großartig, Professor Stab ist schon gestorben. Total radioaktiv verseucht. Auch mich hat's erwischt, bin überglücklich, die Kredite sollten Sie mal sehen, die angeschwommen kommen. In drei Wochen bin ich hin. Sehen Sie. *Zieht den Hut, zeigt seinen Kahlkopf.* Die Haare sind schon ausgefallen. Großartig. Die Glatze strahlt im Dunkeln. Leben Sie wohl, ich bin überglücklich, ich fahre nach Mailand zur Euratom und dann in die Grube. *Ab.*

PÄULI Es tut mir leid, Herr Egli.

SCHMALZ Eine Schicksalswende, Herr Egli.

Schweigen.

EGLI Es gibt Momente im Leben, ihr beiden, da muß man still sein und bescheiden. Und noch eins, Herr Gaston Schmalz, noch eins, und das für allemal: Dein Grinsen möchte ich mir verbeten haben, verstanden? *Schreit* Es wird hier nicht gegrinst!

Von einer Krankenschwester wird Frau Streuli hereingerollt, schwer verbunden.

FRAU STREULI Albersloh, Professor, mein lieber, lieber Hugo. Erkennen Sie mich nicht?

EGLI Wer – wer sind Sie denn?

FRAU STREULI Ich bin doch Apollonia Streuli. Hier haben Sie eine Tausendernote.

EGLI Aber Frau Streuli.

FRAU STREULI Hier noch eine.

EGLI Ich weiß nicht –

FRAU STREULI Noch eine.

EGLI Frau Streuli, ich –

FRAU STREULI Noch eine.

EGLI Aber ich – Frau Streuli, ich weiß nicht –

FRAU STREULI Und eine Tausendernote für Sie, Herr Ober. Hugo von Albersloh, Ihre Feuerwerkskunst ist überflüssig. Sie können mit der ganzen chemischen Wissenschaft wieder nach Hause dampfen.

EGLI Was – wollen Sie damit sagen, Frau Streuli?

FRAU STREULI Hugo! Professor! Ich befolge Ihren Rat, gehe zur ›Eirene‹, versichere den Holzkasten für fünf Millionen, lade vorgestern noch einmal meine Freunde aus Steffigen ein, sitze mit ihnen im großen Salon, der Gemeindepräsident, der Polizeiwachtmeister, der Feuerwehrhauptmann, trinke auf eine bessere Zukunft und, staunen Sie jetzt, Professorchen, staunen Sie, was jetzt kommt, ist ein Wunder, ein echtes Wunder, eine wahre Offenbarung: Der Blitz schlägt mir, bums, in den Westflügel, ein zweiter, bums, in den Ostflügel und drauf, Sie werden's nicht glauben, bums, ein dritter ins Hauptgebäude, all dies ganz legitim, sozusagen unter Aufsicht der Brandbehörde. Ein einziges Flammenmeer, ein einziges Funkengestiebe, und mein liebes Hotel ›Alpenglühen‹ glüht nieder. Die schönste

Feuersbrunst in Steffigen seit 1892. Hurra, Verbrennungen ersten, zweiten, dritten Grades, Sie sehen selber, wie ich aussehe, ich leide grauenvoll, es ist einfach prächtig, unsagbar, was ich durchmache. Ich juble sozusagen andauernd, kolossal, wie das brennt. Nicht zum Aushalten. Könnte vor Freude den Verstand verlieren und vor Schmerzen irrsinnig werden. Fünf Millionen muß mir die ›Eirene‹ zahlen, fünf Millionen, ich habe sie eben mit meinem Rechtsanwalt bei der Frankschen Privatbank abgeholt, die Versicherungsgesellschaft gehört ihr.

EGLI Abgeholt.

FRAU STREULI Abgeholt. Um neun. Die Bank war noch geschlossen. Frau Direktor Frank öffnete nur widerstrebend. Die arme Person hatte Mühe, die fünf Millionen zusammenzukratzen. Kein Wunder, die Bank wird bachab gehen, seit ihr Mann gestorben ist. Hugo von Albersloh, leben Sie wohl, Sie haben mich gerettet. Sie sind ein Genie, ein Unikum, unbezahlbar, der größte Chemiker, den ich je kennengelernt habe. Hier haben Sie noch einmal eine Tausendernote.

Die Krankenschwester rollt sie hinaus.

EGLI Ein Glas Wasser, Guillaume.

GUILLAUME Schon bereit, Herr Egli. *Serviert.*

EGLI Ich muß tropfen.

GUILLAUME Wie immer, Herr Egli.

EGLI Fünf Millionen haben wir diesen Morgen verloren.

PÄULI Und ein Uranbergwerk.

SCHMALZ Das uns hätte retten können.

EGLI Unermeßlich reich sind wir gewesen. Ohne es zu

wissen. Das ist das Tragische. *Nimmt seine Tropfen.* Nur ruhig bleiben. Gefaßt. Am besten tief atmen.

SCHMALZ Regelmäßig tief atmen.

Egli atmet tief.

EGLI *erleichtert* Nun bin ich ruhig.

PÄULI Gott sei Dank.

EGLI *brüllt auf* Schämt sich eigentlich die Natur nicht, uns auf einen Schlag mit gleich zwei so unwahrscheinlichen Zufällen zu kommen? Da geht sie stündlich mit unerbittlicher Folgerichtigkeit vor, setzt auf jede Ursache eine Wirkung, da zeugt, gebiert sie drauflos, mordet, verschlingt das Erstandene wieder, karrt jeden Tag Hekatomben von Lebewesen, Pflanzen, Tieren, Menschen in die Grube, ja, läßt in ihrer rohen Sturheit ganze Sonnen platzen samt den Planeten, die sie umgeben, und was setzt sie uns vor: Zwei vertrottelte Pinsel, deren Dummheit den Himmel verfinstert und deren Glück die Vernunft schamrot werden läßt. Wahrlich, ihr beiden, welche Geschäftsleute wurden je auf eine so teuflische Probe gestellt wie wir drei? Man muß da schon einen Riesenglauben in sein Metier haben, um ob dieser Ungerechtigkeit nicht zu verzweifeln.

Egli erhebt sich müde.

EGLI Gehen wir in die Bank.

Sie gehen mit ihren Koffern in die Bank.

15. Das Glück des Lebens

Zwischenvorhang. Frank der Fünfte tritt im Priesterkleid auf. Die Vorbühne bleibt wie vorher.

FRANK V.

Geschäftsschluß. Ich bin verlassen
Von meinen Angestellten, die ich fürchte, die mich hassen
Abgeliefert die Ersparnisse, vergraben
Im Tresor, was wir erworben haben.
Die Bank steht bös, ihr guten Leut
Rückläufig, saht ihr, drehn sich die Geschäfte.
Ein Uranbergwerk ging verloren heut
Dazu fünf Millionen. Unsere Kräfte
Erschöpft. Die Kassen leer. Erpreßt
Von einem Unbekannten, der sich nie sehen läßt
Den ich in jedem sehe
Gibt's keine andre Hoffnung mehr
Als eine neue Hure. Darum muß sie her.
Ottilie trifft sie noch in dieser Nacht. Bei Guillaume. Stehe
Gott uns bei, damit durch einen frischen Schoß
Sich wende unser teuflisch Los.
Ich bitte nicht für mich, o nein
Ich bitt für unsre Kinder, für Fränzi und für Herbert
Diese sollen glücklich sein

Und gut. Unbeschwert
Von des Geldverdienens Notwendigkeit
Die mir bestimmt in dieser Endlichkeit.
Indem ich diese Bank entschlossen liquidiere
Und Schlimmes zum guten Ende führe
Lös endlich ich der bösen Ahnen tief Geheimnis
Vom Weltenurgrund sind sie nur ein Gleichnis
Das Böse ist unergründlich. Doch muß es leider sein.
Wir tun's gezwungen nur, allein
Es hebet, senket sich die Welle
Und schwemmt aus Dunkelheiten uns ins Helle.
Mörike.

Genug. Nun muß ich handeln. Naht doch das Gericht.
Die Nachschlüssel zum Tresor sind abgeliefert, doch glaub ich, alle nicht.
Ein jeder mißtraut jedem, unter Wölfen herrscht kein
Glück.
Ein jeder wendet sich voll Tücke und kehrt mit List zurück
Ich eile mich zu rüsten. Höll oder Himmel stehn mir offen
Werd ohne Waffen ich im Keller angetroffen. *Ab.*

Zwischenvorhang teilt sich. Dunkelheit. Schmalz tritt auf mit einem großen schwarzen Koffer und mit einer Taschenlampe. Er leuchtet in der Mitte des Hintergrunds den Tresor an, stellt den Koffer hin, öffnet den Tresor, entnimmt ihm einen großen, prallgefüllten Briefumschlag, steckt ihn in die Seitentasche, schließt den Tresor wieder. In diesem Augenblick kommt Egli. Schmalz löscht die Taschenlampe und duckt sich hinter seinen Koffer. Egli, auch mit einem großen Koffer, richtet seine Taschenlampe auf den Tresor, da leuchtet ihn Schmalz an.

SCHMALZ Herr Richard Egli.

Egli duckt sich hinter seinen Koffer, richtet die Taschenlampe auf Schmalz.

EGLI Herr Gaston Schmalz.
SCHMALZ Nett, daß Sie den Keller besichtigen.
EGLI Dachte gleich, dich da unten anzutreffen, Herr Gaston Schmalz.
SCHMALZ Pflichtbewußtsein, Herr Egli.
EGLI *leuchtet den Tresor an* Zu denken, daß sich da drin unsere Ersparnisse befinden.
SCHMALZ *leuchtet den Tresor an* Zu denken, daß wir unsere Nachschlüssel abgeliefert haben.

Sie richten die Taschenlampen wieder aufeinander.

SCHMALZ Sie bleiben hier unten, Herr Egli?
EGLI Auch.
SCHMALZ Die ganze Nacht?
EGLI Die ganze Nacht.

Päuli kommt. Egli und Schmalz löschen ihre Taschenlampen, Schmalz rennt zu Egli hinüber, beide ducken sich hinter die Koffer. Päuli, auch mit einem großen schwarzen Koffer, leuchtet mit einer Taschenlampe den Tresor an. Egli und Schmalz leuchten Päuli an, der sich hinter den Koffer duckt.

EGLI Komm nur, Päuli. Genier dich nicht.
PÄULI Ihr hier unten?
SCHMALZ Wir hier unten.
EGLI Denkst du, wir knacken den Tresor?
PÄULI Aber Herr Egli.

Schmalz öffnet seinen Koffer, ebenso Egli und Päuli.

SCHMALZ Ich habe eine Maschinenpistole mitgebracht.
EGLI Ich auch.
PÄULI Ich auch. Eine kleine.
SCHMALZ Macht deine Schlosserei Fortschritte?
PÄULI Ihr denkt wohl, ich hätte einen zweiten Nachschlüssel, ihr Schweine?
EGLI Möglich.
PÄULI Ich bin erst seit kurzem in dieser Bank. Wenn jemand Zeit gehabt hat, sich Nachschlüssel in Hülle und Fülle anzuschaffen, so ihr zwei.
SCHMALZ Wir sind keine Schlosser.

Frank V. kommt. Die drei löschen ihre Taschenlampen, ducken sich. Frank tritt mit einer umgehängten Maschinenpistole und einem großen schwarzen Koffer auf. Er dreht das Licht an, wie es aufleuchtet, hat er den drei anderen den Rücken zugekehrt.

EGLI Guten Abend, Herr Direktor.

Frank wirft sich herum.

PÄULI Guten Abend, Herr Direktor.
SCHMALZ Guten Abend, Herr Direktor.
FRANK V. Guten Abend.

Duckt sich ebenfalls hinter seinen Koffer, so daß sich die vier nun einander verschanzt gegenüberbefinden, einander belauernd, jeder bereit, sofort zu schießen, Gefahr, Angst und Mißtrauen beherrschen den Hexenkessel.

FRANK V. Ihr habt auch Maschinenpistolen.
EGLI Jawohl, Herr Direktor.
PÄULI Jawohl, Herr Direktor.
SCHMALZ Jawohl, Herr Direktor.
FRANK V. Ihr seid nicht nach Hause gegangen.
EGLI Wir übernachten hier unten, Herr Direktor.
FRANK V. Oben war's auch einsam in meiner Mansarde.
PÄULI Gefahr schweißt eben zusammen, Herr Direktor.

Sie öffnen die Koffer, holen Eßwaren heraus.

SCHMALZ Käsebrot, Herr Direktor, Bauernschinken?
EGLI Sardinen? Salami? Corned beef?
PÄULI Pariserbrot?
FRANK V. Ihr habt ja riesige Mengen von Nahrungsmitteln mitgebracht.
SCHMALZ Vorräte für drei Tage.
EGLI Für vier.
PÄULI Für fünf.

Frank holt ein Brötchen und eine Thermosflasche hervor.

FRANK V. Ich gleich für eine Woche.
SCHMALZ Solange sich unsere Ersparnisse im Tresor befinden, bringt uns niemand aus der Bank, Herr Direktor.
FRANK V. Mich auch nicht. Noch eine Maschinenpistole.

Holt aus dem Koffer eine zweite Waffe, ebenso die anderen.

EGLI Hab ich auch.
PÄULI Hab ich auch.
SCHMALZ Hab ich auch.
FRANK V. Essen wir?
EGLI Essen wir.
SCHMALZ Setzen wir uns?
FRANK V. Setzen wir uns.

Sie beginnen zu essen.

EGLI Herr Direktor?
FRANK V. Egli?
EGLI Neugierig, wann der Erpresser kommt.
PÄULI Ob er überhaupt kommt. *Erhebt sich.*
SCHMALZ Ob es ihn überhaupt gibt.
FRANK V. Was willst du damit sagen, Schmalz?
SCHMALZ Nichts.

Päuli hat sich dem Tresor genähert, die drei andern springen auf, richten die Waffen auf ihn.

EGLI Was willst du am Tresor, Neukomm?
PÄULI Auch nichts. Nur etwas turnen. *Macht eine Kniebeuge.*
FRANK V. Setzen wir uns wieder.
EGLI Setzen wir uns.

Sie setzen sich. Essen weiter.

Auf der Vorbühne setzt sich Ottilie an den Tisch. Guillaume taucht hinter der Bar rechts auf.

GUILLAUME Frau Direktor.
OTTILIE Einen Gin, Guillaume. Ich erwarte unsere neue Angestellte.

FRANK V. Ihr glaubt wohl, ich lese nur Goethe und Mörike, wie?
SCHMALZ Aber Herr Direktor.
FRANK V. Ich bin mir durchaus im klaren, daß ein jeder von euch noch mindestens einen Nachschlüssel besitzt.
PÄULI Aber Herr Direktor.

Guillaume bringt von der Bar rechts den Gin.

GUILLAUME Ihr Gin, Frau Direktor.

FRANK V. Und auch den Erpresser halte ich für einen von euch dreien.
EGLI Aber Herr Direktor.

Guillaume geht zur Bar zurück und ab.

FRANK V. Und im übrigen hab ich noch einige Handgranaten in meinem Koffer. *Klopft auf den Koffer.*
SCHMALZ Ich auch. *Klopft auf den Koffer.*
PÄULI Ich auch. *Klopft auf den Koffer.*
EGLI Eierhandgranaten.

Er zieht eine Eierhandgranate aus der Tasche, die anderen werfen sich in Deckung, die Maschinenpistolen auf Egli

gerichtet, der aufspringt, die Eierhandgranate in der Hand.
Schweigen.

EGLI *begütigend* Essen wir weiter?
SCHMALZ Ich weiß nicht.
PÄULI Mir ist das zu gefährlich.
FRANK V. Mir ist der Appetit vergangen.

Sie halten immer noch die Maschinenpistolen auf Egli gerichtet, der einen neuen Vorschlag macht.

EGLI Vertreiben wir uns die Zeit?
SCHMALZ Wie wir das stets getan haben, als die Bank noch florierte? *Zögert.*
PÄULI Als es noch keinen Erpresser gab? *Bleibt mißtrauisch.*
FRANK V. Als wir einander noch vertrauen konnten?

Egli läßt die Eierhandgranate verschwinden. Die drei anderen lassen ihre Maschinenpistolen sinken.

EGLI Erzählen wir uns die Geschichten, die wir uns immer in den Arbeitspausen erzählten. *Setzt sich.*
SCHMALZ Geschichten von ehrlichen Menschen. *Setzt sich.*
PÄULI Von anständigen Menschen. *Setzt sich.*
FRANK V. Von guten Menschen.

Er will sich auch setzen, macht eine unvorsichtige Bewegung, die anderen springen auf, und schon stehen sie sich wieder feuerbereit gegenüber, dann erst setzen sich endlich alle vier.

SCHMALZ Wir fürchten uns dann auch nicht so.

Sie beginnen das Lied von den vier Himmelsrichtungen zu singen, die Maschinenpistolen bald aufeinander richtend, bald sinken lassend, bald sie schaukelnd, bald den Finger auf der Mündung, bald mit ihnen spielend, als wären sie Gitarren, bald einander die Hände schüttelnd, bald tanzend usw.

FRANK V.

Lebte einst ein Fabrikant im Norden
Kochte Tran im Nordlicht und war fromm
Sagte jedem Bettler liebreich: komm
Half den armen Kindern und den Kranken.

DIE ANDERN

O holde Mär.

FRANK V.

O holde Mär.

ALLE

In Grönland war's im Norden.

FRANK V.

Doch wie nun die Wertpapiere sanken
Gab er hin sein Gut und ist geworden
Sündenlos.

DIE ANDERN

Sündenlos.

FRANK V.

Wurde Krankenpfleger in Davos.

ALLE

Anständigkeit, Anständigkeit
Traum des Lebens
Deiner harren wir vergebens.

PÄULI

Lebte einst ein Neger fromm im Süden
Nährte brav von Kokosnuß und Reis
Sich und seiner schwarzen Weiber Kreis
Bis die Weißen Whisky trinkend kamen.

DIE ANDERN

O holde Mär.

PÄULI

O holde Mär.

ALLE

Im Kongo war's im Süden.

PÄULI

Weiber, Kinder tot, geschändet. Amen
Sprach er nur und wandte sich in Frieden
Weise, mild.

DIE ANDERN

Weise, mild.

PÄULI

Neger zwar, doch Gottes Ebenbild.

ALLE

Anständigkeit, Anständigkeit
Traum des Lebens
Deiner harren wir vergebens.

EGLI

Lebte einst ein Bäuerlein im Osten
Eine halbe Sonnenblume breit
War sein Lager, und er war zu zweit
Wölfe schlichen hungrig um die Hütte.

DIE ANDERN

O holde Mär.

EGLI

O holde Mär.

ALLE

In Wladiwostok war's im Osten.

EGLI

Seine Frau wurd' krank, doch er voll Güte
Scheute weder Ruh noch Riesenkosten
Lud feudal

DIE ANDERN

Lud feudal

EGLI

Die Kolchose ein zum Leichenmahl.

Egli hat in Schmalz' Tasche den Briefumschlag entdeckt und zieht ihn heraus. Schmalz merkt nichts.

ALLE

Anständigkeit, Anständigkeit
Traum des Lebens
Deiner harren wir vergebens.

SCHMALZ

Lebte einst ein Prediger im Westen
Weiches Herz, die Schale hart und rauh
Stieg in Elendsviertel, schlief im Tau
Höret nun die schönste der Geschichten.

DIE ANDERN

O holde Mär.

SCHMALZ

O holde Mär.

ALLE

In Sing-Sing war's im Westen.

SCHMALZ

Einen Gangster wollte man hinrichten
Doch man dachte nicht an unsren Besten
Blitzeschnell

DIE ANDERN

Blitzeschnell

SCHMALZ

Setzt der Fromme sich an Gangsters Stell.

Egli preßt Schmalz die Maschinengewehrmündung in den Rücken. Schmalz hebt die Hände und wird von Egli nach rechts hinten hinausgeführt.

DIE ANDERN

Anständigkeit, Anständigkeit
Traum des Lebens
Deiner harren wir vergebens.

Im Hintergrund rechts eine Maschinengewehrsalve.

FRANK V. Der arme Gaston Schmalz, der gute Gaston Schmalz.

Egli kommt zurück, übergibt Frank den Briefumschlag und einen Schlüssel.

EGLI Sein Geld und sein Nachschlüssel.

Die drei belauern einander, setzen sich auf ihre Koffer.

PÄULI Jetzt sind wir nur noch drei.
EGLI Vielleicht bald noch weniger. Wenn einmal der Erpresser kommt.
FRANK V. Mein Personal vermindert sich zusehends.
PÄULI Auf einmal hab ich wieder Hunger. *Beginnt wieder von seinem Pariserbrot zu essen.*

FRANK V. Bald acht.

PÄULI Gleich trifft Ihre Gattin die neue Angestellte, Herr Direktor.

FRANK V. Ein Wendepunkt.

EGLI Jemand kommt. *Zeigt nach hinten.*

FRANK V. In Deckung!

Egli begibt sich zu Frank nach links, die beiden ducken sich hinter dessen Koffer, die Maschinenpistolen im Anschlag.
Päuli begibt sich nach rechts hinten, so daß er die beiden anderen im Auge behalten kann, die Maschinenpistole ebenfalls im Anschlag.
Die folgende Szene muß, da sie klassisch ist und Verse folgen, in rasantem Tempo gespielt werden.

PÄULI Die Hände hoch!

Er hat die Maschinenpistole auf Egli und Frank gerichtet, welche die Hände erheben.

PÄULI Ihr saubren Brüder, na?
Ein bißchen plötzlich. Los!

Frank und Egli erheben sich.

PÄULI Die Waffen nieder!
Gehorcht! Sonst knallt's!

Frank und Egli legen die Maschinenpistolen auf den Koffer.

PÄULI Nun tretet vor.

EGLI Verrat.

PÄULI

Was wundert ihr euch meiner Tat?
Ihr selbst habt mich in eurem Sinn erzogen,
Drum bin ich jetzt dem neuen Boss gewogen.

Hinter dem Tresor kommt Herbert hervor.

EGLI Schlag acht.

HERBERT

Mein lieber Paps, stier nicht so fürchterlich,
Der deine Bank erpreßte, der war ich.

FRANK V. Mein Sohn!

Von rechts kommt Franziska.

FRANZISKA

Nun, Mami, sei nicht so entsetzt,
Ich bin's, die Frieda Fürst der Bank ersetzt.

OTTILIE Meine Tochter!

Der Hauptvorhang fällt.

16. Göttlicher Zuspruch

Vor den Hauptvorhang tritt von links Ottilie.

OTTILIE

Du siehst mich, Publikum, geschändet jetzt
Schmachvoll besudelt. Dem Dreck der Straße gleichgesetzt.
Viel Unglück hatten Weiber stets zu tragen
Doch keine hat wie ich so Schändliches zu klagen:
Bei Guillaume war's. Vom Münster gellte
Achtmal die Uhr
Ich wartete auf unsere neue Angestellte
Auf Eglis flotterworbne Hur.
Sie kam. Meine Tochter. Mein Kind. Für das ich mein und andrer Blut vergoß
Mein Schneeweißchen, mein Prinzeßchen, mein Goldkörnchen, mein Eichkätzchen, mein Wunderzaubersproß
So wohlerzogen doch und teuer. So keusch. In Sanftheit unterrichtet
Wie Wasser doch so klar
Von Lieb umhegt, vor frechem Blick beschützt
Nun eine Metze, feil und bloß
Zu allen geilen Lastern abgerichtet
Zu Raub benützt
Und jeder Ehre bar.
O Frieda Fürst! O Böckmann! Tot nun beide

Seht, wie ich hienieden leide!
Was ich auf Erden tat, war nicht gut
Allein
Nun will gut ich selber sein:
Drum, wehe meiner Brut!
Wohlan! Die Zeit vollendet sich. Ich fasse den Entschluß:
Ich mache mit der Bank der Väter Schluß!

Vor den Hauptvorhang tritt von rechts ein Diener auf.

DIENER Seine Exzellenz, der Staatspräsident Traugott von Friedemann.

Zwei Diener führen den blinden Staatspräsidenten herein, entfernen sich wieder. Nur der erste Diener bleibt.

STAATSPRÄSIDENT Wer stört meine Versunkenheit? Wessen Verzweiflung dringt an mein Ohr?
OTTILIE Ich bin's, Ottilie, die deine Geliebte war vor langen Jahren.
STAATSPRÄSIDENT Ottilie?
OTTILIE Ottilie Frank.

Jetzt erinnert sich der Staatspräsident, freut sich.

STAATSPRÄSIDENT Ottilie! Verzeih, daß ich dich im Vorzimmer empfange. Aber der Staatsrat wartet. Was willst du von mir, meine Liebe?
OTTILIE Ich habe ein Geständnis abzulegen.
STAATSPRÄSIDENT Ich höre. *Er setzt sich.*

OTTILIE Wir haben in der Bank unserer Väter unzählige Verbrechen begangen.

Schweigen.

OTTILIE Wir haben gewuchert und erpreßt, mit der Unzucht Geschäfte gemacht.

Schweigen.

OTTILIE Sogar meine Tochter ist eine Hure geworden.

Schweigen.

OTTILIE Wir haben gemordet.

Schweigen.

OTTILIE Wir stehen vor dem finanziellen Zusammenbruch.

STAATSPRÄSIDENT Und was verlangst du nun von mir, meine Liebe?

OTTILIE Die Zerstörung unseres Familienunternehmens. Den Prozeß gegen unsere Privatbank. Ich fordere Gerechtigkeit.

STAATSPRÄSIDENT Gerechtigkeit?

OTTILIE Gerechtigkeit, auch wenn sie mich vernichtet.

Der Staatspräsident hebt seine Hand. Ein Diener bringt ein schmales Schreibtischchen herbei, auf dem der Staatspräsident etwas unterschreibt.

STAATSPRÄSIDENT Ottilie Frank, vernimm denn meinen Urteilsspruch:

Mein altes Schätzchen, komm, nimm's nicht so schwer.
Was du gestanden, ist zwar schlimm, allein
Seh ich genauer hin, ist's kein Malheur
Nur laß das Morden jetzt in Zukunft sein
In Zukunft sein.
Das macht man einfach nicht, mein Täubchen
Nein, nein, nein, nein
So radikal darf man nicht sein.

Mein liebes ungestümes Ungeheuer
Begreiflich, daß du nun die Welt verneinst
Doch geh, sei brav, bezähm nun halt dein Feuer
Die Welt ist gut, auch wenn du manchmal weinst
Du manchmal weinst.
Dein Töchterlein 'ne Hur? Mein Mäuschen
Nein, nein, nein, nein
So radikal darf man nicht sein.

OTTILIE Traugott! Ich will keine Gnade! Ich will mit der Bank unserer Väter Schluß machen.

STAATSPRÄSIDENT Schluß machen? Um Gottes willen, Ottilie, mit der Bank deiner Väter? Meine Liebste, ich bin doch nur ein Mensch. Hättest du einige hundert Millionen weniger Schulden und zwei Dutzend Morde weniger auf dem Gewissen, könnten wir diskutieren. Ich würde streng mit dir verfahren, man nennt mich nicht umsonst Traugott den Unbarmherzigen. Aber nun? Ich müßte ja die ganze Weltordnung umstürzen, mein Kätzchen. Ich muß an den Zusammenhang der

Dinge denken, allzu subtil greifen Gerechtigkeit und Ungerechtigkeit ineinander, nur Kleinigkeiten lassen eine Einmischung zu, doch was du getrieben, geht schon ins Grandiose. Nein, nein, erwarte von mir keine Strafe, erwarte von mir nur noch Gnade.

OTTILIE Traugott!

STAATSPRÄSIDENT

Drum, meine Freundin, laß nun dein Bereun
Dein Toben hat auf Erden keinen Zweck
Die Staatsbank hilft, zahlt deine Gaunerein
So kommen du und ich am besten weg
Am besten weg.
Du zögerst wirklich noch, mein Pferdchen!
Nein, nein, nein, nein
So radikal darf man nicht sein.

Er übergibt Ottilie einen Check.

STAATSPRÄSIDENT Zu den Staatsgeschäften, Otto.

Staatspräsident mit Diener ab. Auch der kleine Schreibtisch wird wieder hinausgetragen.
Ottilie steht mit dem Check allein auf der Bühne, geht dann langsam nach links ab.
Hauptvorhang auf.

17. Die Abdankung

Zwischenvorhang geschlossen.
Links der Tisch mit den zwei Stühlen, rechts die Bar. Am Tisch Frank V., trinkt Gin; Egli fegt die Stufen zum Zwischenvorhang. Er trägt einen Arbeitskittel und kehrt dem Publikum den Rücken.
Von links kommt Ottilie. Will zur Bar, bleibt in der Mitte der Vorbühne stehen.

OTTILIE Gottfried.
FRANK V. Ottilie?
OTTILIE Du bist nicht im Priesterkleid?
FRANK V. Wozu? Man hat schon längst vergessen, daß ich überhaupt gelebt habe.

Ottilie geht zu Frank hinüber, setzt sich neben ihn.

OTTILIE Guillaume, auch einen Gin.

Guillaume serviert.

OTTILIE Ich war beim Staatspräsidenten. Ich habe ihm unsere Verbrechen gestanden. Meine ewige Furcht vor Entdeckung war sinnlos. Hier. Ein Check. *Gibt ihm den Check.* Die Bank unserer Väter ist wieder saniert. Wir brauchen keinen Erpresser der Welt mehr zu fürchten und können uns jetzt endlich liquidieren.

FRANK V. Wir sind schon liquidiert.

OTTILIE Ist der Erpresser gekommen?

FRANK V. Letzte Nacht.

OTTILIE Habt ihr ihn erledigt?

FRANK V. Ich hatte den Kerl in meiner Gewalt. Doch da wurde mir mit einem Mal das Ganze zu ekelhaft, da brach aus mir mit einem Mal das Gute hervor – wie aus einem Vulkan.

OTTILIE So. Und was geschah dann, nach diesem Vulkanausbruch?

FRANK V. Alte, ich habe dem Erpresser die Bank meiner Väter geschenkt.

OTTILIE Verschenkt?

FRANK V. Jawohl, verschenkt. Ich will endlich arm sein und gut, wie es immer mein Traum gewesen ist.

OTTILIE Gottfried.

FRANK V. Ottilie?

OTTILIE Wer war der Erpresser?

FRANK V. Unwichtig. Irgend so ein Intellektueller. Mit Päuli im Bunde. Ein abgefeimter Ehrenmann. Führt seine Schurkereien stinkehrlich durch. Ohne mich. Da macht Frank der Fünfte nicht mehr mit, das kann ich mir nun als armer Mann ja leisten.

OTTILIE Mit Päuli im Bunde. Komisch, auf was für absurde Gedanken man manchmal kommt. Noch einen Gin, Guillaume.

FRANK V. Zwei.

Frank V. betrachtet den Check, lacht.

FRANK V. Und jetzt hast du dem feinen Gentleman mit deinem Geständnis noch einen Riesendienst erwiesen.

Der Check ist auf die Bank ausgestellt, nur der neue Direktor kann ihn einlösen.

Guillaume serviert.

OTTILIE Wir haben uns selber ausgespielt.
FRANK V. Hauswart!

Egli trottet herbei.

EGLI Hä?
FRANK V. Bring diesen Check dem neuen Direktor.
EGLI Schön. *Trottet in die Bank.*

Schweigen.

OTTILIE Das war doch Egli.
FRANK V. Degradiert. Und Päuli sein Nachfolger. Auch stinkehrlich geworden. Die ganze Erziehung zum Teufel.
OTTILIE Egli als Hauswart. Schlamperei. So ein Genie einfach zu vergeuden.
FRANK V. Und die Putzfrau haben sie auch hinausgeschmissen.
OTTILIE Unsoziales Pack.
FRANK V. Höchste Zeit abzudanken. Man beschmutzt sich sonst nur.

Schweigen.

FRANK V. Ottilie.
OTTILIE Gottfried?

FRANK V. Du hast doch gestern abend noch die Neue getroffen –

OTTILIE Und?

FRANK V. Wer war dieses Mädchen?

OTTILIE Nebensächlich. Irgend so eine.

FRANK V. Warum hast du dann dem Staatspräsidenten alles gestanden?

OTTILIE Weil auch ich Schluß machen will, Frank! Weil auch ich endlich arm sein will und gut, wie du.

FRANK V. Irgend so eine. Natürlich, wer soll es denn anders gewesen sein als irgend so eine. Blöd, was einem manchmal so durch den Kopf geht. Guillaume, noch einen Gin.

OTTILIE Zwei.

FRANK V. Ich bin ein ungenügender, schwacher Schuft gewesen, die Sehnsucht nach dem Guten war zu ungestüm in mir, aber sie war echt. Man wird mich einmal mit Hamlet vergleichen.

Guillaume serviert.

OTTILIE Alter Quatschkopf.

Schweigen.

FRANK V. Ottilie.

OTTILIE Gottfried?

FRANK V. Ich muß immer an Franziska denken, an unsere Tochter. Die ganze Zeit!

OTTILIE Und ich an Herbert. An unseren Sohn.

FRANK V. Weißt du noch, wie sie an meiner Hand den ersten Schritt wagte und dann gleich noch einen.

OTTILIE Erinnerst du dich, wie er Diphtherie hatte und die Ärzte uns keine Hoffnung mehr machten. Aber ich brachte ihn durch, Gottfried, ich brachte ihn durch.

FRANK V. Eines weiß ich, Ottilie, eines weiß ich felsenfest: Franziska ist gut geblieben. Der Mann wird glücklich, der sie einmal zum Weibe nimmt.

OTTILIE Mein Sohn Herbert. Der liebe Junge. Hoffentlich raucht er nicht zuviel.

FRANK V. Guillaume, zahlen. *Zahlt.*

OTTILIE Wohin gehen wir jetzt?

FRANK V. Weiß nicht. Wir sind mittellos.

OTTILIE Ziemlich.

Schweigen.

FRANK V. Tauchen wir unter.

OTTILIE Tauchen wir.

EGLI

So tauchten sie denn unter, verdämmerten im Gin
Er sprach noch etwas Goethe, sie stierte vor sich hin
Frank der Fünfte ist erledigt, o Welt, vernimm's mit Grauen
Er war ein Schurke zwar, doch was für Schurken wirst du nach ihm schauen
Bitte sehr, die ersten kommen schon.

Zwischenvorhang auf.
Direktionszimmer mit den Ahnenbildern Frank I. bis Frank V.
Auf dem Sofa Herbert, Franziska, Päuli Neukomm.

EGLI

Ich stelle vor: die neue Direktion
Es lebe Frank der Sechste!
Das alte Sündenbabel
Ward längst zu unrentabel
Es wird nicht mehr gemordet, es wird einkassiert:
Weil nur noch Ehrlichkeit zum finstren Ziele führt.
So endet die Geschichte, doch ich, ich ende nicht
Der ungeheure Sog der Weltgeschäfte
Spült immer wieder mich ans Licht.
Noch fege ich den Boden, doch schon übermorgen
Steh ich an eurer Kasse, fälsche eure Hefte
Und eh das Jahr dem Ende nah
Steh ich aufs neu als Personalchef allgewaltig da
Und komme wieder, wie jetzt wiederkommen
Die einst in dieser Bank ein böses End genommen.

Alle Mitwirkenden treten auf und kommen an die Rampe.

EGLI

Und dann, ihr lieben Leut
Ist's wieder Henkerszeit
Für alle, die wie wir in Machtsystemen nisten
Und sich mit Mörderlogik selber überlisten
Sei's hier, sei's dort, sei's anderswo
Setzt Namen, Daten, Länder nach Belieben ein
Es stimmt ja leider sowieso.
Ihr werdet alle schrein wie wir das bange Lied
All derer, die da mächtig, satt und müd:

ALLE

Die Freiheit ist schön, ach, das wissen wir alle
Doch willst du sie greifen, vergeht sie im Nu
Denn wer am Speck sitzt, sitzt in der Falle
Und willst du hinaus, klappt die Falle zu.

Anhang

Anmerkung

Für die Neufassung von *Frank V.* habe ich den Schluß der Uraufführung von 1958 gewählt; der menschlichste Schluß schien mir nachträglich der grausamste. Das Lied ›Halunken mit Stil‹ habe ich im Andenken an Therese Giehse gelassen; es ist von der deutschen Grammophon-Gesellschaft (Literarisches Archiv 140 012) und von der Heliodor-Bibliothek (Stereo 2571 011) aufgenommen worden. An sich ist es dramaturgisch nicht notwendig, wohl aber das Lied ›Wie die Lage steht ...‹, welches die Giehse – in der Uraufführung die Ottilie – auf der gleichen Platte singt.

Geschrieben 1980 für die vorliegende Ausgabe.

Schluß der Bochumer Fassung

1964

Frank V., Egli und Päuli Neukomm warten im Keller [in den man in dieser Fassung mit einem Lift gelangt] auf den Erpresser.

Der Lift fährt herunter. Egli begibt sich zu Frank nach links außen, die beiden ducken sich hinter dessen Koffer, die Maschinenpistolen in Anschlag. Päuli begibt sich nach links hinten, so daß er die beiden andern im Auge behalten kann, die Maschinenpistole ebenfalls in Anschlag. Die folgende Szene muß, da sie klassisch ist und Verse folgen, in rasantem Tempo gespielt werden. Aus dem Lift rechts tritt Herbert.

HERBERT

Ihr wackern Herrn, ich grüß euch feierlich
Der diese Bank erpreßte, der bin ich.

FRANK V.

Mein Sohn!

Drückt erschrocken Eglis Maschinenpistole nieder.

EGLI Zum Teufel auch!
PÄULI Die Hände hoch!

Hat die Maschinenpistole auf die beiden andern gerichtet. Frank und Egli heben die Hände.

FRANK V.

Mein Sohn!

PÄULI Nun steht mal stramm, ihr saubren Brüder
Ein bißchen plötzlich. Los!

Frank und Egli erheben sich.

HERBERT Die Waffen nieder!
PÄULI
Gehorcht! Sonst knallt's!

Frank und Egli legen die Maschinenpistolen auf den Koffer.

PÄULI Nun tretet vor.
EGLI Verrat.
PÄULI
Na und? Was wundert ihr euch meiner Tat?
Ihr selbst habt mich nach eurem Sinn erzogen
Drum bin ich nun dem neuen Boss gewogen.

Frank und Egli treten vor Herbert.

HERBERT
Die Hände runter.
EGLI Herr, habt tausend Dank.
FRANK V.
Mein Sohn.
HERBERT Mein Vater?
FRANK V. Ich begreife nicht –
HERBERT
Mein lieber Paps, stier nicht so fürchterlich.
Du selbst verrietest deiner Väter Bank.
Dein literarisch Streben stürzte dich,
Durch deine Tagebücher kam's ans Licht.
Drum öffne den Tresor.
FRANK V. Jawohl, mein Sohn.

Geht zum Tresor und öffnet ihn.

HERBERT

Was sich die Bank erspart in harter Fron
Schlepp her, Papa, na wird's?

FRANK V. Sehr wohl, mein Sohn.

Holt aus dem Tresor eine Kassette und stellt sie Herbert vor die Füße.

FRANK V.

Was wir verdient, das geb ich dir nun ab.

HERBERT

Den Anteil Gaston Schmalz.

FRANK V. Den auch?

HERBERT Auch den.

Frank übergibt Herbert den Briefumschlag.

HERBERT

Die Schlüssel jetzt.

FRANK V. Auch sie?

HERBERT Auch sie.

FRANK V. Na schön.

Übergibt Herbert die Tresorschlüssel.

HERBERT

Und nun, Papa, marschiere in dein Grab.

Zeigt auf den Tresor.

FRANK V.

Du meinst?

HERBERT Ich mein.

FRANK V. Ich soll?

HERBERT Du sollst

FRANK V. Nein nein!
Das kann doch, lieber Sohn, dein Ernst nicht sein!
Ich kann doch zwischen feuersichren Wänden
Wie Gold gebahrt, gepaart mit solcher Pein
Mein Leben nicht auf diese Weise enden!

HERBERT
Was sein muß, o Papa, muß eben sein.

Frank setzt sich verzweifelt auf Schmalzens Koffer rechts außen. Herbert setzt sich zu ihm.

HERBERT Es tut mir leid, Papa. Dein Verbrechen war nicht, mir deine Bank unterschlagen zu haben, keineswegs. An die schönen Familientage am Bodensee denke ich mit Vergnügen. Dein Verbrechen war, die Bank unserer Väter liquidieren zu wollen, statt sie anders zu führen. Unsere Gangsterbank in Ehren, aber ihre Methoden haben nur einen Sinn, solange sie rentieren. Das war nicht mehr der Fall, darum hätten sie geändert werden müssen. Das hast du verpaßt, Papa. Aus Charakterschwäche. Die Ehrlichkeit ist keine Angelegenheit des Innenlebens, sondern der Organisation. Zu ihrer Durchführung gehört eine weitaus größere Rücksichtslosigkeit als zum Ausüben des Schlechten, nur wirkliche Schufte vermögen das Gute zu tun. Wärst du dieser Schuft gewesen, hättest du mit brutaler Ehrlichkeit legal gewirtschaftet, tanzten wir jetzt immer noch im Reigen der Großbanken mit. Doch so? Die Lage ist durch deine Schlamperei beinahe hoffnungslos geworden. Mein lieber Papa, du hast in unserer Bank keinen Platz mehr. Du hast dich selbst in Nichts aufgelöst mit deinem läppischen Begräbnis. Nur dein endgültiges Verschwinden hält meinen Namen rein und den Konkurs vielleicht auf.

Sie erheben sich.
Frank legt seine Hände auf Herberts Schultern.

FRANK V. Mein Sohn. Ich bin Geschäftsmann genug, mich dieser Notwendigkeit zu beugen. Ich bin ein ungenügender, schwacher Chef gewesen. Ich erkannte meine Fehler wohl, doch die Kraft zu handeln, war mir nicht verliehen. Du jedoch wirst der große Schuft sein, den unsere Zeit braucht, anständig hart und böse wirst du die Bank der Väter leiten. Ich übergebe dir Richard Egli und Paul Neukomm, indem du sie zur Ehrlichkeit zwingst, wirst du mit ihnen die Geschäfte des Jahrhunderts abwickeln. Lebe wohl, mein Sohn. Ich gehe ein zu den Ahnen, die ich in dir mit Bewunderung wiedererkenne.

HERBERT *nicht ohne Herzlichkeit* Mein Vater, lebe wohl!

Frank geht entschlossen gegen den Tresor im Hintergrund. Nicht unmutig. Er grüßt hoheitsvoll Sohn und den Rest seines Personals und steigt in den Tresor.

HERBERT Personalchef, schließ den Tresor!
EGLI Jawohl, Herr Frank.

Schließt den Tresor.

FRANK VI. (VORMALS HERBERT) Gib mir den Schlüssel.
EGLI Bitte, Herr Frank.

Übergibt ihm einen Schlüssel.

FRANK VI. Neukomm, untersuche seine Taschen.
PÄULI Jawohl, Herr Frank.

Untersucht Eglis Taschen, übergibt Frank VI. weitere Schlüssel.

PÄULI Noch weitere vier Nachschlüssel, Herr Frank.
FRANK VI. Egli, Neukomms Taschen.
EGLI Bitte, Herr Frank.

Untersucht Päulis Taschen, übergibt Frank VI. *weitere Schlüssel.*

EGLI Sieben Stück, Herr Frank.

Frank VI. öffnet die Lifttüre rechts.

FRANK VI.

Zur Nationalbank denn mit der Kassette
Wir haben Schulden und Kredit ist rar
Der Kampf wird hart. Ich wollt es würde wahr
Daß ich der Väter altes Bankhaus rette
Und sollts nicht sein, ich bin ein Realist
Dann geht zum Teufel, was des Teufels ist.

Päuli geht mit der Kassette in den Lift rechts, Frank VI. folgt, der Lift fährt hinauf. Egli ist allein. Er nimmt einen weiteren Nachschlüssel aus seinem linken Schuh, nähert sich dem Tresor, will ihn öffnen, stutzt jedoch.

EGLI

Ein Dreh und Frank der Fünfte käm ins Freie
Noch wär es Zeit. Doch hindert mich die Treue
Der Ohnmacht nicht, der Macht bin ich verschworen
Adieu denn, alter Boss, du bist verloren.

Fährt mit dem Lift links hinauf.

14. *Der Entschluß*

Vor die Mitte des Zwischenvorhangs tritt Ottilie, in einem Abendkleid, geschminkt und perlenbehangen, zum ersten Male nicht als Witwe gekleidet.

OTTILIE

Du siehst mich, Publikum, geschändet jetzt
Schmachvoll besudelt. Dem Dreck der Straße gleichgesetzt.
Viel Unglück hatten Weiber stets zu tragen
Doch keine hat wie ich so schändliches zu klagen:
Bei Guillaume war's. Vom Münster gellte
Achtmal die Uhr
Ich wartete auf unsere neue Angestellte
Auf Eglis flotterworbne Hur.
Sie kam. Meine Tochter. Mein Kind. Für das ich mein und andrer Blut vergoß
Mein Schneeweißchen, mein Prinzeßchen, mein Goldkörnchen, mein Eichkätzchen, mein Wunderzaubersproß
So wohl erzogen doch und teuer. So keusch. In Sanftheit unterrichtet
Wie Wasser doch so klar
Von Lieb umhegt, vor frechem Blick beschützt,
Nun eine Metze feil und bloß
Zu allen geilen Lastern abgerichtet
Zu Raub benützt
Und jeder Ehre bar.
O Frieda Fürst! O Böckmann! Tot nun beide,
Seht wie ich hienieden leide!
Was ich auf Erden tat, das war nicht gut
Allein
Nun will gut ich selber sein:
Drum wehe meiner Brut!
Wohlan. Die Zeit vollendet sich. Ich fasse den Entschluß:
Ich mache mit der Bank der Väter Schluß!

Der Zwischenvorhang öffnet sich. Die Ahnengalerie im Frankschen Familiensitz. Vor den Ahnenbildern hängt ein Emblem mit der Aufschrift: 200 Jahre. In der Mitte des Raumes ein leerer

Thronsessel. Auf dem Sofa links Franziska und Herbert, ebenfalls in feierlicher Kleidung. Ottilie geht zum Sofa rechts.

FRANZISKA Nun, Mama?
HERBERT Laß dich versöhnen.

Schweigen.

OTTILIE *feindlich* Meine Kinder.
FRANZISKA Denk an unser glückliches Familienleben.
OTTILIE *lauernd* Wo ist Vater?
HERBERT Frag nicht mehr nach ihm.

Schweigen. Ottilie setzt sich aufs Sofa rechts.

OTTILIE Ihr wagt hierherzukommen?
FRANZISKA Warum nicht?
HERBERT Wir finden es in unserem Familiensitz ganz gemütlich.
FRANZISKA Angesichts unserer großen Ahnen.
OTTILIE *drohend* Die Bank feiert ihr zweihundertstes Jubiläum.
HERBERT Wir feiern mit dir.

Durch die Türe tritt Guillaume als Diener.

GUILLAUME Die Vertreter der Finanzwelt.

Durch die Türe links kommen mehrere feierlich gekleidete Herren, stellen sich zu beiden Seiten des Thronsessels auf.

GUILLAUME Seine Exzellenz, der Staatspräsident Traugott von Friedemann.

Durch die Türe links führt ein Referendar den blinden, uralten Staatspräsidenten herein. Ottilie und ihre Kinder stehen auf und verneigen sich mit den Vertretern der Finanzwelt. Der Referendar führt den am Stock gehenden, mit Orden übersäten Greis zum Thronsessel. Seine Exzellenz setzt sich. Ottilie und ihre Kinder setzen sich ebenfalls.

DER STAATSPRÄSIDENT Ottilie Frank?

OTTILIE Exzellenz?

DER STAATSPRÄSIDENT Teure Freundin. Ich bin gekommen, unserer lieben Frankschen Privatbank zum zweihundertjährigen Bestehen persönlich zu gratulieren. Otto, den Orden.

Ottilie erhebt sich. Der Referendar geht zu ihr, hängt ihr den Orden um, tritt dann mit einer Verbeugung zurück. Ottilie bleibt stehen.

OTTILIE Exzellenz, Herr Direktor der Staatsbank, Herr Direktor der Vereinigten Banken, Herr Direktor der Handels AG, Ihr Herren Aufsichtsräte, meine Herren, meine Kinder Herbert und Franziska.

Verwunderung.

DER STAATSPRÄSIDENT Herbert und Franziska? Meine liebe Ottilie, ich erstaune. Du hast uns deine Kinder verheimlicht?

OTTILIE Exzellenz. Ich versuchte meine Kinder vor der Bank unserer Väter zu retten.

DER STAATSPRÄSIDENT Zu retten?

OTTILIE Exzellenz. Ich habe ein Geständnis abzulegen.

DER STAATSPRÄSIDENT Ich höre.

OTTILIE Exzellenz, wir haben in der Bank unserer Väter unzählige Verbrechen begangen. Exzellenz, wir haben geschoben, gewuchert, erpreßt und gestohlen. Exzellenz, wir haben mit der Unzucht Geschäfte gemacht. Exzellenz, wir haben unseren besten Freund verraten. Exzellenz, wir haben gemordet, Mitarbeiter und Kunden beseitigt, und nun, Exzellenz, stehen wir vor dem finanziellen Zusammenbruch.

Stille.

DER STAATSPRÄSIDENT *ruhig* Und was verlangst du nun von mir, meine Liebe?

OTTILIE Gericht über mich und die Bank unserer Väter.

DER STAATSPRÄSIDENT Gericht?

OTTILIE Gerechtigkeit, auch wenn sie mich vernichtet.

DER STAATSPRÄSIDENT Gerechtigkeit?

OTTILIE Ich fordere Strafe, Exzellenz.

DER STAATSPRÄSIDENT Strafe?

OTTILIE Tun Sie Ihre Pflicht, Exzellenz. *Setzt sich.*

Stille.

DER STAATSPRÄSIDENT Ottilie Frank, vernimm jetzt meinen Urteilsspruch:

Mein altes Schätzchen, komm, nimm's nicht so schwer
Was du gestanden, ist zwar schlimm, allein
Seh ich genauer hin, ist's kein Malheur
Nur laß das Morden jetzt in Zukunft sein
  In Zukunft sein
Das macht man einfach nicht, mein Täubchen
Nein, nein, nein, nein
So radikal darf man nicht sein
  So radikal darf man nicht sein.

OTTILIE *verzweifelt* Sie dürfen mir nicht vergeben, Exzellenz. Zerschmettern Sie mich, Exzellenz! Ich will frei werden, Exzellenz! Ich will ein guter Mensch sein, Exzellenz! Ich will mit der Bank unserer Väter Schluß machen, Exzellenz!

Schweigen.

DER STAATSPRÄSIDENT Zerschmettern? Frei werden? Ein guter Mensch sein? Schluß machen? Um Gotteswillen, Ottilie, mit der Bank deiner Väter? Meine Liebste, in welchem Jahrhundert lebst du denn? Ich bin doch nur ein Mensch. Hättest du etwas weniger Schulden und einige Morde weniger auf dem Gewissen, könnten wir diskutieren. Ich würde streng mit dir verfahren, man nennt mich nicht umsonst Traugott den Unbarmherzigen. Aber nun? Ich müßte ja die ganze Weltunordnung umstürzen, mein Kätzchen. Ich muß an den Zusammenhang der Dinge denken, allzu subtil greifen Gerechtigkeit und Ungerechtigkeit in einander, nur Kleinigkeiten lassen eine Einmischung zu, doch, was du getrieben hast, geht schon ins Grandiose. Die Weltwirtschaft käme ins Wanken, griffe ich da ein, der Glaube an unsere Banken darf nicht durch ein verirrtes Kind erschüttert werden. Nein nein. Erwarte kein Gericht, erwarte keine Gerechtigkeit, erwarte keine Strafe, die wären allzu warm und menschlich für die eisige Welt der Ehrlichkeit, in die ich dich nun stoße: Erwarte nur noch Gnade!

DIE FINANZWELT Gnade!

DER STAATSPRÄSIDENT

Drum, meine Freundin, laß nun dein Bereun
Dein Toben hat auf Erden keinen Zweck
Die Staatsbank hilft, zahlt deine Gaunerein
So kommen du und ich am besten weg.

DIE FINANZWELT

Am besten weg.

DER STAATSPRÄSIDENT

Du zögerst wirklich noch, mein Pferdchen?
Nein, nein, nein, nein,
So radikal darf man nicht sein.

DIE FINANZWELT

So radikal darf man nicht sein.

Der Staatspräsident erhebt sich, klopft mit dem Stock auf den Boden.

DER STAATSPRÄSIDENT Zu den Staatsgeschäften, Otto.

Der Referendar führt durch die Türe links den Staatspräsidenten hinaus. Die Vertreter der Finanzwelt verweilen in ehrfurchtsvollem Schweigen. Ottilie starrt auf dem Sofa rechts vor sich hin. Franziska und Herbert sitzen auf dem Sofa links ruhig und nachlässig, betrachten ihre besiegte Mutter.

OTTILIE *langsam* Herr Direktor der Staatsbank, Herr Direktor der Vereinigten Banken, Herr Direktor der Handels AG, meine Herren Aufsichtsräte, ich danke für Ihr freundliches Erscheinen.

Die Vertreter der Finanzwelt verneigen sich und gehen durch die Türe links ab. Schweigen.

FRANZISKA Nun, Mama?
OTTILIE Kalt ist es auf einmal.

Nimmt aus der Tasche ihres Abendkleides ein Heft, legt es auf das Sofa neben sich.

OTTILIE Noch ein Sparheft. Fünfhunderttausend auf der Regionalbank, von der auch Gottfried nichts wußte.
HERBERT Ich danke dir, Mama.

Ottilie neigt sich vor, starrt ihre Kinder an, breitet flehend ihre Arme aus.

OTTILIE In den Keller mit mir!

Schweigen. Herbert erhebt sich, geht zur Türe links, öffnet sie.

HERBERT Wozu?

Franziska erhebt sich, nickt ihrer Mutter zu, geht hinaus.

FRANZISKA Du warst doch einfach großartig, Mama.

Herbert lächelt in der Türe seiner Mutter triumphierend zu.

HERBERT Du hast die Bank unserer Väter saniert.

Folgt Franziska. Ottilie Frank sitzt allein bei den Bildern der Ahnen.

Schluß der ersten Buchausgabe

1960

15. Göttlicher Zuspruch

Palast des Staatspräsidenten. Ottilie tritt auf.

OTTILIE

Du siehst mich, Publikum, geschändet jetzt
Schmachvoll besudelt. Dem Dreck der Straße gleichgesetzt.
Viel Unglück hatten Weiber stets zu tragen
Doch keine hat wie ich so Schändliches zu klagen:
Bei Guillaume war's. Vom Münster gellte
Es eben zwanzig Uhr
Ich wartete auf unsere neue Angestellte
Auf Eglis flotterworbne Hur.
Sie kam. Meine Tochter. Mein Kind. Für das ich mein und andrer Blut vergoß
Mein Schneeweißchen, mein Prinzeßchen, mein Goldkörnchen, mein Eichkätzchen, mein Wunderzaubersproß
So wohl erzogen doch und teuer. So keusch. In Sanftheit unterrichtet
Wie Wasser doch so klar
Von Lieb umhegt, vor frechem Blick beschützt
Nun eine Metze feil und bloß
Zu allen geilen Lastern abgerichtet
Zu Raub benützt
Und jeder Ehre bar.
O Frieda Fürst! O Böckmann, tot nun beide
Seht, wie ich hienieden leide

Seid dankbar, daß ich euch vernichtet
Nur wer leben muß, ist hingerichtet.

Drum laß die Wut und faß dich endlich
Nimm hin, was unabwendlich
Mach jetzt mit deiner Mutterliebe Schluß
Du bist müd genug
Und deine Tochter ist von deinem Fleisch und Blute nur.
Und du?
Darum ist sie Hur
Die du geboren, bricht dir schon bald das Genick
Schwesterchen, schreib dir's hinter die sauberen Ohren
Zieh die Konsequenz so entschlossen wie ich
Zieh die Konsequenz so entschlossen wie ich
Was du geworfen, ersäuf, was du geworfen, ersäuf
Sonst sind wir verloren.

Du tatest viel, du lebtest sündlich
Und plantest alles gründlich.
Mach jetzt mit deiner Väter Bankhaus Schluß
Du bist kalt genug
Und gut sind manche, darum geh auch du und werde gut.
Doch dann?
Wehe meinem Blut.

Was du erworben, bricht dir schon bald das Genick
Schwesterchen, schreib dir's hinter die sauberen Ohren
Zieh die Konsequenz so entschlossen wie ich
Zieh die Konsequenz so entschlossen wie ich
Was du erworben, gib's auf, was du erworben, gib's auf
Sonst sind wir verloren.

Ich will die Bank meiner Väter auffliegen lassen!

Ein Diener tritt auf.

DIENER Seine Exzellenz, der Staatspräsident Traugott von Friedemann.

Zwei Diener führen den blinden Staatspräsidenten herein, entfernen sich wieder. Nur der erste Diener bleibt.

STAATSPRÄSIDENT Wer stört meine Versunkenheit?
Wessen Verzweiflung dringt an mein Ohr?

OTTILIE Ich bin's, Ottilie, die deine Geliebte war vor langen Jahren.

STAATSPRÄSIDENT Ottilie?

OTTILIE Ottilie Frank.

Jetzt erinnert sich der Staatspräsident, freut sich.

STAATSPRÄSIDENT Ottilie! Was willst du von mir, meine Liebe?

OTTILIE Ich habe ein Geständnis abzulegen.

STAATSPRÄSIDENT Ich höre. *Er setzt sich.*

OTTILIE Wir haben in der Bank unserer Väter unzählige Verbrechen begangen.

Schweigen.

OTTILIE Wir haben gewuchert und erpreßt, mit der Unzucht Geschäfte gemacht.

Schweigen.

OTTILIE Sogar meine Tochter ist eine Hure geworden.

Schweigen.

OTTILIE Wir haben gemordet.

Schweigen.

OTTILIE Wir stehen vor dem finanziellen Zusammenbruch.

STAATSPRÄSIDENT Und was verlangst du nun von mir, meine Liebe?

OTTILIE Die Zerstörung unseres Familienunternehmens. Den Prozeß gegen die Franksche Privatbank. Ich fordere Gerechtigkeit.

STAATSPRÄSIDENT Gerechtigkeit?

OTTILIE Gerechtigkeit, auch wenn sie mich vernichtet.

Der Staatspräsident hebt die Hand. Ein Diener bringt ein schmales Schreibtischchen herbei, auf dem der Staatspräsident etwas unterschreibt.

STAATSPRÄSIDENT Ottilie Frank, vernimm jetzt meinen Urteilsspruch:

Mein altes Schätzchen, komm, nimm's nicht so schwer
Was du gestanden, ist zwar schlimm, allein
Seh ich genauer hin, ist's kein Malheur
Nur laß das Morden jetzt in Zukunft sein,
In Zukunft sein.
Das macht man einfach nicht, mein Täubchen,
Nein, nein, nein, nein
So radikal darf man nicht sein.
Mein liebes ungestümes Ungeheuer
Begreiflich, daß du nun die Welt verneinst
Doch geh, sei brav, bezähm nun halt dein Feuer
Die Welt ist gut, auch wenn du manchmal weinst,
Du manchmal weinst.
Dein Töchterlein 'ne Hur? Mein Mäuschen,
Nein, nein, nein, nein
So radikal darf man nicht sein.

OTTILIE Traugott! Ich will keine Gnade! Ich will mit der Bank unserer Väter Schluß machen.

STAATSPRÄSIDENT Schluß machen? Um Gotteswillen, Ottilie, mit der Bank deiner Väter? Meine Liebste, ich bin doch nur ein Mensch. Hättest du einige hundert Millionen weniger Schulden und zwei Dutzend Morde weniger auf dem Gewissen, könnten wir diskutieren. Ich würde streng mit dir verfahren, man nennt mich nicht umsonst Traugott den Unbarmherzigen. Aber nun? Ich müßte ja die ganze Weltunordnung umstürzen, mein Kätzchen. Ich muß an den Zusammenhang der Dinge denken, allzu subtil greifen Gerechtigkeit und Ungerechtigkeit ineinander, nur Kleinigkeiten lassen eine Einmischung zu, doch was du getrieben hast, geht schon ins Grandiose. Nein, nein, erwarte von mir keine Strafe, erwarte von mir nur noch Gnade.

OTTILIE Traugott!

STAATSPRÄSIDENT

Drum meine Freundin, laß dir's nicht gereun
Sei jetzt charmant und lieb, nimm diesen Check
Die Staatsbank hilft, zahlt deine Gaunerein
So kommen du und ich am besten weg,
Am besten weg.
Du zögerst wirklich noch mein Pferdchen?
Nein, nein, nein, nein
So radikal darf man nicht sein.

Zu den Staatsgeschäften, Otto.

Staatspräsident mit Diener ab. Ottilie steht mit dem Check allein auf der Bühne. Herbert und Franziska treten auf.

FRANZISKA Nun, Mama.

Schweigen.

OTTILIE Meine Kinder.
HERBERT Denk an unser glückliches Familienleben.
FRANZISKA Laß dich versöhnen.

Schweigen.

OTTILIE Wo ist Vater?
HERBERT Frage nicht mehr.
FRANZISKA Laß ihn begraben sein.

Schweigen.

OTTILIE

Ich wollte Ungeheures. Doch die Welt
Sie wollte Ungeheures nicht. Zerschellt
Mein Wollen. Sinnlos mein Geständnis. Rund
Um mich Verzeihung, lächelndes Verstehn
Im Leeren bin ich, kann nicht weitergehn
So nehmt denn, Ungeheuer, mich in euren Bund
Was Mutterliebe hoffte ging mit mir zu Grund.

Sie gibt Herbert den Check.

OTTILIE Führen wir die Bank unserer Väter eben weiter.

Egli und Päuli treten hinzu. Schlußchor.

ALLE

Das Blut ist warm doch kalt die Ehrlichkeit.
Der Winter bläst und gläsern wird's und fahl
Und hart wie Kieselstein Notwendigkeit
Gesetz ist nur und alles wird zur Zahl
Die Eiswelt kommt. Der Gletscher überzieht
Die Menschheit, die erstarrt und nicht mehr flieht
Es suchte uns, es wandte sich der Geist
In fauler Gnade sind wir nun vereist
Die Strafe unterblieb, auch das Gericht
Und die Gerechtigkeit rentierte nicht.

Die Richtlinien der Regie

Die Fabel war herauszuarbeiten, Überflüssiges, Operettenhaftes zu eliminieren, auch bloß Kommentarisches, wie etwa der Schlußchor, die Gesangspartien waren als Teil der Aktion darzustellen, nicht als etwas Hinzugefügtes. Aus der ›Oper‹ wurde eine ›Komödie‹. Es ging darum, *Frank den Fünften* als das zu inszenieren, was das Stück ist: Als eine moderne Anknüpfung an Shakespeare und nicht als eine an Brecht.

Ein Königsdrama Shakespeares ist die Geschichte einer Monarchie, *Frank der Fünfte* die Geschichte einer Firma, hier wie dort sind die Menschen eingestuft in eine Hierarchie, Frank der Fünfte ist ein ebenso schlechter Bankier wie etwa Richard der Dritte ein schlechter Herrscher, beide sind Ungeheuer, beide Verbrecher. Nur ist Frank der Fünfte ein Ungeheuer besonderer Art, ein Verbrecher aus Feigheit, der sich in die Welt des Geistes flüchtet, um dort seine Ruhe zu finden, wie Heydrich ein guter Mozartspieler gewesen sein soll. Frank singt bei der Ermordung seines Prokuristen. Der Mann, für den der Geist ein Genußmittel ist, begegnet dem Manne, der den Geist aus Verzweiflung sucht. Genauer: Daß Frank der Fünfte nicht verzweifelt, stellt sein Verbrechen dar, wäre er vom Geist ergriffen, den er besingt, könnte er als Verbrecher nicht mehr weiterleben, daß er dies vermag, macht ihn zur Blasphemie.

Schauspielerei ist Menschendarstellung, Regie die unmerkliche Hilfeleistung, damit der Schauspieler nicht von diesem Ziele abrücke und, ohne den Menschen, den er spielen soll, auch dargestellt zu haben, gleich in die Aussage sause. Die Menschen waren denn herauszuarbeiten. Ottilie Frank etwa, die Mutter, die Verbrechen begeht, damit ihre Kinder es einmal besser hätten, bei welcher der gute Zweck jedes Mittel heiligt und die vor dem Nichts steht, wie sie ihre Fehlrechnung begreift; der Personalchef Richard Egli, der aus Treue zum Geschäft seine Braut opfert, usw. Von diesen Gegebenheiten war auszugehen. Nur wenn es gelang, die Schicksale der Einzelnen herauszuarbeiten, war es auch möglich, das Schicksal des Kollektivs darzustellen: *Frank der Fünfte* als Geschichte einer Gangsterbank.

Ein Kollektiv wird von Notwendigkeiten bestimmt, die es aus sich selber erzeugt, ein Kollektiv von Verbrechern also vom absoluten Gebot der Geheimhaltung. Aus Furcht geschieht alles, aber auch, natürlicherweise, aus Mißtrauen: Aus diesen Notwendigkeiten heraus muß die Bank weitermorden, vor allem müssen die Verbrecher sich selber ausrotten. Wer frei sein will, muß sterben, eine einfache Feststellung, die zum Schluß führt, daß eine Gangsterdemokratie ein Ding der Unmöglichkeit ist. Der große strenge Boss muß her. Die Idee der Freiheit ist für ein solches Kollektiv an sich gefährlich, aber auch ihr wissenschaftlicher Bruder, der Zufall. Wie Frank der Fünfte dem Geist, begegnet sein Personalchef dem Zufall. In der Wirtschaft muß man planen können, der Gauner, der ja auch wirtschaftlich vorgehen muß, will er nicht stümpern, hat dies auch zu versuchen, er muß an einen logischen Ablauf der Dinge glauben können, will er seine Methoden ansetzen, der Zufall, das Nichtvoraussehbare ist sein größter Feind: ›Schämt sich die Natur denn nicht?‹

Dies einige Hinweise. Es wurde behauptet, Menschen, wie ich sie im *Frank* zeige, gebe es einfach nicht. Der Autor, als Beobachter der Menschen und seiner selbst, ist dessen nicht so sicher. Gewiß, meine Privatbank ist eine Fiktion. Aber wir alle wollen das Gute wie Franks Angestellte, glückliche Kinder, ein Häuschen in Maibrugg, Anständigsein. Seien wir auf der Hut, daß wir vom Guten nicht nur singen wie sie. (Darum gibt es Musik in diesem Stück.) Anständigkeit ist mehr als eine schöne Sentimentalität, Menschlichkeit mehr als eine Phrase: ein Wagnis, und damit dieses Wagnis keine Torheit sei, braucht es die

Anstrengung aller. Doch nun sehe ich, daß ich ziemlich ernst geworden bin. Ich bin schließlich Komödienschreiber, und wenn ich bisweilen wohl auch ein Moralist bin, so doch nur ein nachträglicher, als Interpret meiner selbst. Für mich als Stückeschreiber ist der Humor etwas Selbstverständliches, ohne den es sich gar nicht schreiben ließe; ein Stück, bei dem es nichts zu lachen gibt, halte ich nicht aus, und so soll man denn auch bei *Frank dem Fünften* lachen, trotz seiner Wildheiten. Ist es auch ein ernstes Stück, ein bierernstes ist es nicht.

Geschrieben im Frühjahr 1964 für das Bochumer Programmheft. Die Aufführung wurde nach vierwöchigen Proben durch den Bochumer Intendanten Hans Schalla verhindert. Regie führten Erich Holliger und der Autor.

Standortbestimmung

Hypotheses fingo: Der Weg, den meine Dramatik eingeschlagen hat, ist nicht ohne weiteres einzusehen. Ohne vom Komödiantischen, Spielerischen als ihrem Medium zu lassen, ist sie vom »Denken über die Welt« zum »Denken von Welten« übergegangen. Nicht um philosophisches, naturwissenschaftliches oder theologisches Denken zu kritisieren, sondern um etwas anderes zu treiben. In dieser Richtung ist auch *Frank der Fünfte* zu suchen, nicht als ein nationalökonomisches Stück (da wäre es zu naiv und zu oberflächlich), sondern als Arbeit über ein fingiertes Modell. Modell von was? Von möglichen menschlichen Beziehungen.

Abgrenzung: Jede Dramatik wird durch ihr Ziel bestimmt. Ihr Ziel kann die »Wiedergabe der Welt« sein. Die Frage ist nun: Gibt es eine andere Dramatik? Ist ein anderes Ziel als die »Wiedergabe der Welt« möglich?

Präzisierungen: Nimmt sich die Dramatik vor, die Welt wiedergeben zu wollen, muß abgeklärt werden, ob das überhaupt möglich ist. Dramatik sei hier als die Kunst, Theaterstücke zu schreiben, verstanden. Die Frage lautet dann: Wie kann die Welt durch das Theater wiedergegeben werden? Brecht hält dies für eine gesellschaftliche Frage. Er hat recht. Die Welt, die durch das Theater wiedergegeben werden kann, ist die Gesellschaft, kann nur die Gesellschaft sein. Auch darin ist Brecht beizupflichten, daß dann diese Wiedergabe stimmen muß. Zielt die Dramatik auf eine »Wiedergabe der Welt«, muß sie sich daher dem Satze Newtons unterwerfen: Hypotheses non fingo. Sie wird »naturwissenschaftlich« abhängig von der Theorie über die Welt, auf die sie sich stützt, deren Sieg oder Niederlage dann ihren jeweiligen Wahrheitsgehalt bestimmt. (Das gleiche gilt auch für den religiösen Dichter, insofern er vom Glauben her die Welt darstellen will: Der Glaube ist für ihn keine Hypothese, glaubt er wirklich.)

Mathematik als Beispiel: Wird nun das Ziel aufgegeben, »die Welt wiederzugeben«, muß daran gegangen werden, »mögliche Welten« darzustellen, »mögliche menschliche Beziehungen«. Die Dramatik wird nicht mehr »naturwissenschaftlich« bestimmt, sondern »mathematisch«. Dies wird deutlich, wenn man sich erinnert, daß es mathematische Untersuchungen gibt über die »Eigenschaften komplizierter, unendlicher, lediglich begrifflich konzipierter und womöglich überhaupt nur hypothetisch in Betracht gezogener Strukturen«.

Gefahr, ins Leere zu stoßen: Ist die Forderung einmal fallengelassen worden, die Welt des Theaters und die Wirklichkeit müßten übereinstimmen, ist eine neue Freiheit erreicht. Aber auch eine neue Gefahr. Der Vorteil der alten Dramatik lag in ihrer Wirksamkeit; da sie die Welt so sah, wie sie sie darstellte, konnte sie auch unmittelbar Stellung nehmen. Gesellschaftlich orientiert, war sie politisch wirksam (auch die Klassiker). Sie deutete die Welt, und das Publikum will sich die Welt deuten lassen. Die Gefahr einer anders konzipierten Dramatik liegt in ihrem Hang, ins Leere zu stoßen, sich im bloß Ästhetischen oder bloß Geistreichen zu verlieren.

Ausgangspunkt: Ist der Ausgangspunkt eine Fiktion wie etwa die Gangsterbank Frank des Fünften und nicht eine Realität wie die Gangstermonarchie Richards des Dritten (daß dies im Grunde auch eine Fiktion Shakespeares war, weiß ich natürlich), genügt die Forderung, ein Kunstwerk müsse an sich stimmen, allein nicht mehr. Die Fiktion muß auch die Realität in sich schließen, die »mögliche Welt« muß auch die »wirkliche Welt« in sich enthalten. Man muß in der Gangsterbank mehr sehen können als nur sie. Der Realität muß im Theater eine Überrealität gegenüberstehen. Aus den Fiktionen müssen »Mythen« hervorgehen, sonst sind sie sinnlos. Der Fehler liegt meistens im Ausgangspunkt: Die Fiktion darf nicht als bloße Absurdität konzipiert werden. Das Absurde umschließt nichts.

Aufgabe der Kritik: Ich deute die Welt nicht. Als Bühnenschriftsteller ist dies nicht meine Aufgabe. Damit will ich nicht behaupten, daß mit *Frank dem Fünften* nicht bestimmte Strukturen menschlicher Beziehungen gedeutet werden können. Das ist logisch durchaus möglich. Doch ist die Untersuchung darüber, was mit meinen Werken gedeutet werden kann, nicht meine Aufgabe, ja, wahrscheinlich überhaupt nicht ehrlicherweise von mir zu leisten. Meine Vermutung, daß auch in meinen dramatischen Werken ein Werkzeug liege, die Welt zu deuten, stützt sich weniger auf eine logische Erkenntnis als auf den Glauben, daß es für das künstlerische Denken unmöglich sei, aus der Welt zu fallen. Dies alles enthebt den Kritiker jedoch nicht der Pflicht, gerade das zu tun, was ich mir verbiete, die Welt in meinen möglichen Welten zu entdecken. Er höre auf mitzudichten, beginne wieder nachzudenken. Begreift er dies, wird auch seine Kritik ein notwendiger Prüfstein.

Aussage: Die hartnäckige Idee hauptsächlich deutscher Köpfe, es komme auf die Aussage an, hat schon die Wiedergabe vieler Theaterstücke verteufelt. Es wurde auf eine Aussage statt auf eine Handlung hin inszeniert, der Zuschauer vorsätzlich für dumm gehalten. Ich schreibe prinzipiell keine Stücke für Dummköpfe. Wenn etwas in *Frank dem Fünften* wie eine Aussage aussieht, etwa: »Die Strafe unterblieb, auch das Gericht, und die Gerechtigkeit rentierte nicht«, so gilt das streng genommen nur für das Stück; sollte es auch für die Wirklichkeit gelten, um so schlimmer für die Wirklichkeit. Die beiden wichtigsten Aufgaben der Regie bestehen darin, extern eine Geschichte auf dem Theater sauber und fesselnd zu erzählen und intern, dem Schauspieler zu erklären, warum er in dieser bestimmten Situation diesen bestimmten Satz zu sprechen habe. Nun besitzt selbstverständlich jedes Stück eine Aussage, noch genauer: Aussagen. Nur begeht der Regisseur (oder der Kritiker) oft den Fehler, zu glauben, der Dramatiker müsse immer vom Problem ausgehen. Das ist ein ebenso wildes Vorurteil wie etwa jenes, in einem Theaterstück hätten sich die Personen zu »entwickeln«. Der Dramatiker kann von Stoffen ausgehen, die Probleme enthalten. Das ist ein Unterschied. Er braucht dann ruhig nur am Stoff zu arbeiten und nicht an den Problemen. Von der Natur wird auch nicht verlangt, daß sie Probleme enthalte oder gar löse. Die Natur enthält nur insofern Probleme, als wir sie in ihr suchen. Sie sagt nur insofern aus, als sie vom Physiker dazu gebracht wird, gewisse Reaktionen zu begehen, die er dann in Form einer physikalischen Aussage wiedergibt, formuliert. Es ist mir als Dramatiker – im Augenblick des Schreibens – vollkommen gleichgültig, welche Aussagen der Kritiker einmal aus mir folgert, ich streite ihm freilich auch nicht das Recht dazu ab. Aber ebenso wenig hat sich die Bühne um diese möglichen Aussagen zu kümmern. Nur so wird sie dem Elementaren verhaftet bleiben. Nur in ihrer Reinheit nämlich zeigt sie sich dann auch dem denkenden Zuschauer willig, werden dem Fragenden die Antworten zuteil, die er selber findet, weil er sie selber gestellt hat, wird ihm etwa im *Frank* die Einsicht aufdämmern, daß es eine Gangsterdemokratie nicht geben kann, oder, daß es keinen Anspruch auf die Erfüllung unberechtigter Hoffnung gibt. Der Wert eines Stükkes liegt in seiner Problemträchtigkeit, nicht in seiner Eindeutigkeit.

Wahrheit: Das Schreiben der Wahrheit stößt dann auf große Schwierigkeiten, wenn es vorsätzlich geschieht. Der Vorsatz, die Wahrheit zu schreiben, muß sich die Frage nach der Wahrheit stellen, und damit ist das Problem fast unlösbar geworden. Kümmert man sich jedoch beim Schreiben nicht um die Wahrheit, wird es auf einmal unmöglich, sie nicht zu schreiben. Im Unabsichtlichen bricht sie durch.

Vertrauen ins Publikum: Dramatik ist letztlich und vor allem ein Erzielen des Elementaren. Zuschauen ein elementarer Vorgang. Das Publikum kümmert sich nicht um den Grund, weshalb etwas geschrieben wurde, das Ziel läßt es kalt. Es ist dem Augenblick verschworen. Es eignet sich instinktiv die Bühne an, macht jedes Spiel zu seiner Sache, will sich gespielt sehen, seine Wirklichkeit mit der Wirklichkeit des Spiels konfrontieren. Seiner Fantasie ist zu vertrauen. Es erblickt von selbst in der Frankschen Privatbank das Grundmodell des Staates oder in der nächtlichen Zusammenkunft der Bankangestellten eine Kremlsitzung. Sein Recht. Es wagt mitzumachen, sich zu beteiligen. Ein Wunschtraum? Möglich. Immer wieder möglich. Ohne Vertrauen ins Publikum ist keine Dramatik möglich.

Die Gretchenfrage: Der Autor ist weder Zyniker noch Moralist. Er stellt weder seine Person zur Diskussion noch seinen Glauben, weder seine Überzeugungen, noch seine Zweifel, obgleich er weiß, daß dies alles unbewußt mitspielt. Gerade deshalb. Allein seine Versuche und Experimente in einem schwierigen Metier zählen. Der Ursprung jeder Dramatik liegt vorerst im Trieb, Theater möglich zu machen, auf der Bühne zu zaubern, mit der Bühne zu spielen. Theater ist eine Angelegenheit der schöpferischen Lebensfreude, der unmittelbarsten Lebenskraft. Je nach Zeiten jedoch rüttelt diese Kraft, fühlt sie sich bedroht, das menschliche Gewissen wach, heute vielleicht notwendiger denn je, doch dies auch im tiefsten Grunde instinktiv. Auch Kinder spielen während des Krieges Krieg, nicht Frieden. Auf der Ebene des Unmittelbaren gibt es nur zwei Arten von Theater: das gelungene und das mißlungene. Das empirische Metier wird erst dann zur ausgeklügelten Dramaturgie, wenn von ihm die dramaturgische Gretchenfrage abverlangt wird: An welche Dramaturgie glaubst du? Der Autor antwortet dann je nach dem Gretchen, das ihn stellt, je nach dem Stück, das ihm die Frage abverlangt.

Geschrieben 1960 für die erste Buchausgabe.

An die Kritiker Franks des Fünften

Meine Damen und Herren,
Ich stehe vor einer etwas unangenehmen Aufgabe. Sie verlangen von mir, daß ich als Autor vor Ihnen erscheine. Ich verstehe Ihren Wunsch, er ist leider nicht zu erfüllen. Ich trete Ihnen heute nicht als Autor gegenüber, sondern als Kritiker. Als Kritiker meiner selbst freilich. Entschuldigen Sie mich denn, meine Damen und Herren, wenn ich hier in eigener Sache auftrete, entschuldigen Sie aber auch, meine Münchner Kritikerkollegen, daß Sie das unterließen, was ich nun an Ihrer Stelle nicht unterlassen darf: Ich habe näher auf das Stück einzugehen; an das Stück heranzugehen.

Es muß untersucht werden, was sich auf der Bühne ereignet.

Das Anstößige wird nicht dadurch anständig, daß ich pathetisch erkläre, es sei ein Mißverständnis, die Sterbeszene des armen Prokuristen Böckmann sei nicht so gemeint, usw. Ich weigere mich, als eine Art Wilhelm der Zweite der Dramatiker aufzutreten, der das Anstößige nicht wollte. Ich habe vielmehr nicht nur die Notwendigkeit dieser Szene, sondern auch die Notwendigkeit ihrer Antstößigkeit zu beweisen, denn ohne innere Notwendigkeit wird *Frank* zu dem Bierulk, den die Kritik in ihm sieht.

Nun weiß ich natürlich, daß es strenge Beweise über den Wert eines Theaterstücks nicht geben kann; daß ein Unternehmen dramaturgisch stimmt, sagt noch nichts aus. Es kann auch *so* unsinnig sein. Doch liegt das Wesen der Kritik nun einmal darin, daß sie begründete Urteile über eine Sache abzugeben hat. Nachdenken wird leider zur Pflicht. Eine gewisse intellektuelle Anstrengung ist für den Kritiker obligatorisch. Der Autor muß ernst genommen werden, damit er beim Wort genommen werden kann. Der Kritiker muß sich unerbittlich einer Methode unterwerfen, auch wenn sie unbequem ist. Er muß das Spiel des Autors gleichsam nachspielen. Nur so lassen sich die Spielzüge des Autors auch überdenken, nur so können sie als falsch oder als richtig erkannt werden. Der Kritiker hat seine Autorität von Fall zu Fall zu beweisen, er steht unter dem Gesetz seines Berufs. Das ehrliche und notwendige Duell zwischen dem Kritiker und dem Autor hat sich auf dem Felde abzuspielen, das durch das Stück abgesteckt ist, um das es geht, sonst wird Kritik dilettantisch. In einer Münchner Zeitung schreiben zu dürfen oder gar Berliner zu sein, ist allein noch kein Beweis, vom Theater auch etwas zu verstehen, und auch nicht ein Freipaß, vom Nachdenken dispensiert zu sein. Sogar verreißen muß man können.

Dies als Einleitung. Das Stück *Frank der Fünfte* handelt von der schwächlichen Herrschaft eines Direktors über eine Privatbank, von seinem Tod und von der Übernahme des Geschäfts durch seinen Sohn. Es ist die Geschichte eines Kollektivs. Die

Methode dieser Privatbank ist Gangsterei, sie stammt aus der guten alten Zeit und ist zwangsläufig übernommen, das schlimme Erbe frettet sich weiter, die Gaunereien der Väter erzwingen die Gaunereien der Söhne. Ein Kollektiv wird radikal ins Schiefe gedreht, die Beziehungen unter den Menschen werden an sich bedrohlich, die Werte verwandeln sich in ihr Gegenteil. Inwiefern? Nehmen wir an, die Franksche Privatbank stelle ein Piratenschiff dar, das eben ein Goldschiff ausgeplündert hat und nun mit Goldbarren beladen dahinsegelt. Nun beginnt das Schiff zu sinken. Nur *ein* Rettungsboot ist vorhanden. Die Besatzung des Schiffes kann sich nur retten, wenn sie auf die Rettung der Goldbarren verzichtet. »Was du erworben, gib's auf, sonst sind wir verloren.« Der Versuch der Angehörigen der Frankschen Privatbank, in die Anständigkeit hinüberzuwechseln, stellt den hoffnungslosen Versuch dar, sich mit der Beute in Sicherheit zu bringen. Die Anständigkeit bleibt unter diesen Umständen ein Phantom. »Anständigkeit, Anständigkeit, Traum des Lebens, deiner harren wir vergebens«, singen die Verbrecher im Kampf um den Tresor, im Versuch eines jeden, seine Beute zu sichern. Nun stellt jedoch das Franksche Familienunternehmen nicht nur eine verbrecherische Privatbank dar, sondern weist auch demokratische Züge auf. Die Frage nach der Freiheit innerhalb einer Gangsterdemokratie stellt sich. Sie ist leicht zu beantworten. Die Freiheit schwächt diese Bank endgültig. Die Tatsache, daß jeder einen Nachschlüssel zum Tresor besitzt und die gemeinsame Kasse geplündert hat, macht die Bank hilflos. Der Erpresser hat leichtes Spiel, weil ein jeder einem jeden mißtraut. Die Freiheit wird lebensgefährlich.

»Die Freiheit ist schön, ach, das wissen wir alle,
Doch willst du sie greifen, vergeht sie im Nu;
Denn wer am Speck sitzt, sitzt in der Falle,
Und willst du hinaus, klappt die Falle zu.«

Daß ein führender deutscher Kritiker diesen Aufschrei der Bankleute als eine erschütternde Banalität bezeichnet, beweist seine erschütternde berufliche Ahnungslosigkeit. Er ist nicht imstande zu bemerken, daß damit nicht die Freiheit an sich, sondern die Unmöglichkeit der Freiheit innerhalb einer Verbrecherdemokratie gemeint ist. Die Freiheit kann nicht erschwindelt, sondern nur verdient werden. *Frank der Fünfte* ist nicht nur die Komödie der unberechtigten Hoffnung, sondern auch der unberechtigten Freiheit.

Nun ist aber die Franksche Privatbank in Wirklichkeit kein Staat, sondern ein Geschäft. Sie kann nur als Symbol eines Machtsystems verstanden werden, indirekt also, wie ja etwa auch wirkliche Banken Staaten im Staate darstellen. Als Geschäft aber ist sie der Frage nach ihrer Rentabilität ausgesetzt, vom Geschäftlichen her gesehen wird das Gaunern eine bloße Geschäftsmethode, die rentieren muß, soll sie einen Sinn haben. Die Frage nach der Rentabilität der Gaunerei stellt Frank der Sechste, ein gesunder Schurke mit Kopf. Die Antwort ist eindeutig: Das Gaunern rentiert leider nicht mehr, gehört ins Reich der Romantik, Ehrlichkeit muß aus rein geschäftlichen Gründen gefordert werden. Mit Frank dem Sechsten mündet das Stück in eine neue Wirklichkeit ein. Schulden sind auch ein Kapital, zuviel Morde erfordern Respekt. Man richtet nur die Kleinen hin und richtet sich mit den Großen ein. Im Primat des Wirtschaftlichen erstickt der Schrei nach Gerechtigkeit: »In fauler Gnade sind wir nun vereist. Die Strafe unterblieb, auch das Gericht, und die Gerechtigkeit rentierte nicht.«

Dies alles, meine Damen und Herren, stellt die Welt dieser Komödie dar. Sie ist übertrieben, schurkisch, zugegeben. Wir wehren uns, dieser Welt anzugehören; wo wir nicht mitmachen können, bleiben wir kalt, diese Welt geht uns nichts an, es ist nicht unsere Sache, die auf der Bühne betrieben wird. Wir sind keine Verbrecher. Es muß daher etwas geschehen, das uns von der Bühne aus anspricht, unser Gewissen beunruhigt, uns anfällt, störend, quälend, etwas, das die Komödie zerstört, die Komödienwelt Frank des Fünften muß mit der Wirklichkeit konfrontiert werden. In der Katastrophe muß die Wahrheit sichtbar werden. »Es suchte uns, es wandte sich der Geist.« Frieda Fürst muß in ihrem Bräutigam ihren Mörder erkennen, Ottilie Frank in ihrer Tochter die Hure, Emil Böckmann muß sich von der Furcht einholen lassen; aber vor allem muß der Geist, der dazu benutzt wird, eine verbrecherische Wirklichkeit zu entschuldigen, mit dem Geiste konfrontiert werden, der diese Wirklichkeit nicht entschuldigt. Der verlogene Geist muß als Blasphemie erkennbar werden. Das ist nicht nur der Sinn, sondern auch die dramaturgische Notwendigkeit der Böckmann-Szene.

Frank der Fünfte ist nur scheinbar die komischste Gestalt des Stücks, in Wirklichkeit ist er die fürchterlichste. Scheinbar ein bloß schwacher Boss, der seine harten Ahnen bewundert, der sich durch und durch für gut hält, ein Pantoffelheld, der am Geiste leidet, indem er ihn genießt, der Gott für ganz von selber gnädig hält und, um eine neue Hure zu erhalten, betet; dieser Quatschkopf, der vom Weltenurgrund faselt, ist in Wirklichkeit eine Blasphemie, ein falscher Priester in jeder Beziehung, den nie die Ahnung erschütterte, daß Geist vielleicht bewiesen werden müsse, daß Geist keine Ausrede, sondern eine Forderung darstelle. Dieses Verbrechen muß deutlich gemacht werden, täuschen wir uns nicht, es geht uns alle an. Dem Menschen, der in seiner angeblichen Verzweiflung schwelgt, wird ein Mensch gegenübergestellt, den in seiner Todesstunde die Erkenntnis der wahren Freiheit des Menschen überfällt: »Wir waren frei, falscher Priester, in Freiheit erschaffen und der Freiheit überlassen. Es gibt kein Erbe, das nicht auszuschlagen wäre, und kein Verbrechen, das getan werden muß.« In der Böckmann-Szene stehen der unberechtigten Hoffnung, der unberechtigten Freiheit und dem unberechtigten Geiste die berechtigte Hoffnung, die berechtigte Freiheit und der berechtigte Geist gegenüber. Frank wird vernichtet, nicht Böckmann.

Von dieser zentralen Szene aus ist *Frank der Fünfte* zu beurteilen, wird das ganze Stück durchsichtig. Wer mich hier beim Wort nimmt, zu dem wird das ganze Stück zu sprechen beginnen. Wer mich in dieser Szene nicht versteht, versteht mich überhaupt nicht. Meine Damen und Herren, das ist alles, was ich Ihnen zu sagen habe, doch meinen Kritikern noch folgendes: Jedes Stück hat sein Schicksal. *Frank der Fünfte* erleidet nun selber jenes seines Prokuristen. Auch er wird nun abgespritzt. Von Ihnen, meine Herren. Auch Ihr singt, statt nachzudenken. Und so bleibt denn am Schlusse dem Autor nichts anderes übrig, als wie Böckmann auszurufen: »Gott! Errette mich aus den Händen meiner Freunde.«

Münchner Rede 1963. Aus: ›Theater-Schriften und Reden‹, Verlag der Arche, Zürich 1966.

Friedrich Dürrenmatts Kriminalromane und -erzählungen im Diogenes Verlag

Der Richter und sein Henker

Roman

»Die Hauptthematik von *Der Richter und sein Henker* findet man unter anderem bei Dashiell Hammett, Rex Stout, Raymond Chandler und Georges Simenon. Grundthema: der Kampf zweier Parteien, deren eine ein einzelner Detektiv ist. Die ›gute‹ Partei, Inspektor Bärlach, ist todkrank, und es bleibt ihm nicht mehr viel Zeit, den Verbrecher Gastmann zu überführen.
Was für ein Mensch ist dieser Bärlach? In seiner Menschlichkeit erinnert er an Maigret. Wie dieser ist er von altem Schrot und Korn, ist in erster Linie ein konservativer Mensch, der nicht nach juristischen Regeln operiert, der von den modernen Techniken der Kriminologie wenig hält und lieber seiner durch Erfahrung gewitzten Nase und dem gesunden Menschenverstand folgt.« *Armin Arnold*

Der Verdacht

Roman

»In *Der Verdacht* geht es nicht darum, herauszufinden, wer der Mörder ist, sondern darum, ob und wie Kommissär Bärlach wieder aus der Falle kommt, in die er hineingeraten ist. Er hat eine Operation überstanden, und man nimmt an, daß er noch ein Jahr leben wird. Er liegt im Salemspital in Bern und liest symbolischerweise in der Zeitschrift ›Life‹. Ein Bild erweckt den Verdacht seines Arztes –, daß nämlich der berüchtigte Arzt Nehle, der im Konzentrationslager Stutthof ohne Narkose operierte, mit Dr. Emmenberger, dem Vorsteher einer Zürcher Privatklinik, identisch sei. Bärlach hätte allen Grund, anderen die Prüfung dieses Falles zu überlassen:

erstens ist er jetzt pensioniert, und zweitens hätte er wohl ein Recht darauf, sein letztes Lebensjahr in Ruhe zu genießen. Es ist keine moralische Verpflichtung, die ihn treibt, sondern ein unbändiger Trotz ›in dieser Welt zu bestehen und für eine andere, bessere zu kämpfen, zu kämpfen auch mit diesem jammervollen Leib, an welchem der Krebs fraß‹. In der besten Tradition der ›tough private eyes‹.« *Armin Arnold*

Das Versprechen

Requiem auf den Kriminalroman

Aufenthalt in einer kleinen Stadt

Fragment

»Das rote Kleid eines ermordeten Kindes, der unvermeidliche Inspektor, die Worte ›bestialischer Mörder‹ und ›Sexualverbrecher‹ im Werbetext – und dennoch geht es hier nicht, wie bisher, um die Zutaten. Vielmehr sind die Zutaten da, aber sie werden anders behandelt, eine erfrischend neue Sicht der Polizeiarbeit. Ich bin versucht, *Das Versprechen* mit erlesenstem Simenon zu vergleichen. Es hat die gleiche kompakte Länge, es hat einige derselben Qualitäten – klare Beschreibung, die Fähigkeit, ein Verbrechen so real zu machen wie irgendeines in der Zeitung, und eine sehr menschliche Einstellung gegenüber der Polizei.«
Hammond Innes/The New York Times Book Review

»*Das Versprechen* ist ein großer Roman, das epische Seitenstück zum *Besuch der alten Dame.* Eine von Intelligenz, Realismus und Phantasie nahezu berstende Geschichte.« *Walter Jens/Die Zeit, Hamburg*

Justiz

Roman

Ein Zürcher Kantonsrat erschießt in einem überfüllten, von Politikern, Wirtschaftskoryphäen und Künstlern besuchten Restaurant der Stadt vor aller

Augen einen Germanisten, Professor an der Universität, läßt, zu zwanzig Jahren Zuchthaus verurteilt, im Gefängnis einen jungen, mittellosen Rechtsanwalt zu sich kommen und erteilt diesem den Auftrag, seinen Fall unter der Annahme neu zu untersuchen, er sei nicht der Mörder gewesen. Der junge Anwalt, der den scheinbar sinnlosen Auftrag annimmt, erkennt zu spät, in welche Falle ihn die Justiz geraten läßt, weil er sie mit der Gerechtigkeit verwechselt.

»Mit *Justiz* setzt Friedrich Dürrenmatt wieder Maßstäbe. Angesichts einer sauertöpfischen, miesepetrigen Dulder-Literatur im deutschsprachigen Raum eine wahre Offenbarung!«
Wolfram Knorr/Die Weltwoche, Zürich

Der Auftrag
oder Vom Beobachten des Beobachters der Beobachter
Novelle in vierundzwanzig Sätzen

»Ganz kurz und knapp, atemlos und messerscharf erzählt, so etwas wie die düstere Folie, vor der das zeitgenössische Schreiben seiner Kollegen sich abhebt. Vieles wirkt wie harmlose Spielerei, verglichen mit der tödlichen Konsequenz dieses Denkens, manches aber auch wie der verzweifelte Versuch, sich nicht in diesen unheilvollen Sog hineinziehen zu lassen. So weit an den Rand des Abgrunds aber hat sich keiner gewagt wie er.«
Klara Obermüller/Die Weltwoche, Zürich

»Dies ist eine Erzählung. Es ist ein supermodernes Gruselmärchen. Es ist eine Kriminalgeschichte. Es ist eine horrende Phantasmagorie. Es ist ein literarisches Kunststück und vorgefaßtes Verwirrspiel.«
Friedrich Luft/Die Welt, Bonn

Friedrich Dürrenmatt im Diogenes Verlag

● Das dramatische Werk

Es steht geschrieben / Der Blinde
Frühe Stücke. Mit der ersten Komödie ›Untergang und neues Leben‹, einem Fragment aus dem verschollenen Stück ›Thogarma‹ und ›Der Doppelgänger‹ im Anhang

Romulus der Große
Eine ungeschichtliche historische Komödie in vier Akten. Neufassung 1980. Mit der unvollendeten Komödie ›Kaiser und Eunuch‹

Die Ehe des Herrn Mississippi
Eine Komödie in zwei Teilen (Neufassung 1980) und ein Drehbuch

Ein Engel kommt nach Babylon
Eine fragmentarische Komödie in drei Akten. Neufassung 1980. Mit Fragmenten aus ›Der Turmbau zu Babel‹ und ›Der Uhrenmacher‹

Der Besuch der alten Dame
Eine tragische Komödie. Neufassung 1980

Frank der Fünfte
Komödie einer Privatbank. Mit Musik von Paul Burkhard. Neufassung 1980

Die Physiker
Eine Komödie in zwei Akten. Neufassung 1980

Herkules und der Stall des Augias / Der Prozeß um des Esels Schatten
Griechische Stücke. Zwei Hörspiele und eine Komödie, letztere in der Neufassung 1980

Der Meteor / Dichterdämmerung
Zwei Nobelpreisträgerstücke. ›Der Meteor‹ in der Wiener Fassung 1978, ›Dichterdämmerung‹ ist die 1980 dramatisierte Form von ›Abendstunde im Spätherbst‹

Die Wiedertäufer
Eine Komödie in zwei Teilen. Urfassung 1967 (Komödienfassung des ersten Dramas ›Es steht geschrieben‹)

König Johann / Titus Andronicus
Shakespeare-Umarbeitungen

Play Strindberg / Porträt eines Planeten
Übungsstücke für Schauspieler

Urfaust / Woyzeck
Zwei Bearbeitungen

Der Mitmacher
Ein Komplex. Text der Komödie (Neufassung 1980), Dramaturgie, Erfahrungen, Berichte, Erzählungen

Die Frist
Eine Komödie. Neufassung 1980

Die Panne
Hörspiel und Komödie

Nächtliches Gespräch mit einem verachteten Menschen / Stranitzky und der Nationalheld / Das Unternehmen der Wega
Hörspiele und Kabarett

Achterloo
Komödie. Mit einem Nachwort des Autors

F. Dürrenmatt & Charlotte Kerr
Rollenspiele
Protokoll einer fiktiven Inszenierung und ›Achterloo III‹. Mit 28 Zeichnungen von Friedrich Dürrenmatt

Midas
oder Die schwarze Leinwand

● Das Prosawerk

Aus den Papieren eines Wärters
Frühe Prosa

Der Richter und sein Henker
Kriminalroman. Studienausgabe mit zahlreichen Fotos aus dem Film und einem Anhang

Der Verdacht
Kriminalroman. Mit einer biographischen Skizze des Autors

Der Hund/Der Tunnel/Die Panne
Erzählungen

Grieche sucht Griechin/Mr. X macht Ferien/Nachrichten über den Stand des Zeitungswesens in der Steinzeit
Grotesken

Das Versprechen/Aufenthalt in einer kleinen Stadt
Erzählungen

Theater
Essays, Gedichte und Reden

Kritik
Kritiken und Zeichnungen

Literatur und Kunst
Essays, Gedichte und Reden

Philosophie und Naturwissenschaft
Essays, Gedichte und Reden

Politik
Essays, Gedichte und Reden

Der Sturz
Erzählungen: ›Der Sturz‹ / ›Abu Chanifa und Anan Ben David‹ / ›Smithy‹ / ›Das Sterben der Pythia‹

Zusammenhänge
›Essay über Israel‹ /
Nachgedanken
unter anderem über Freiheit, Gleichheit und Brüderlichkeit in Judentum, Christentum, Islam und Marxismus und über zwei alte Mythen

Labyrinth
Stoffe I–III: ›Der Winterkrieg in Tibet‹/ ›Mondfinsternis‹/›Der Rebell‹. Vom Autor revidierte Neuausgabe

Minotaurus
Eine Ballade. Mit Zeichnungen des Autors

Justiz
Roman

Der Auftrag
oder Vom Beobachten des Beobachters der Beobachter. Novelle in vierundzwanzig Sätzen

Versuche
Essays und Reden

Denkanstöße
Ausgewählt und zusammengestellt von Daniel Keel. Mit sieben Zeichnungen des Dichters

Durcheinandertal
Roman

Turmbau
Stoffe IV–IX: ›Begegnungen‹ / ›Querfahrt‹ / ›Die Brücke‹ / ›Das Haus‹ / ›Vinter‹ / ›Das Hirn‹

Kants Hoffnung
Zwei politische Reden / Zwei Gedichte aus dem Nachlaß. Mit einem Essay von Walter Jens

Das Dürrenmatt Lesebuch
Herausgegeben von Daniel Keel. Mit einem Nachwort von Heinz Ludwig Arnold

Meistererzählungen
Mit einem Nachwort von Reinhardt Stumm

Gedankenfuge

Das Mögliche ist ungeheuer
Ausgewählte Gedichte. Mit einem Nachwort von Peter Rüedi

● Das zeichnerische Werk

Bilder und Zeichnungen

Die Heimat im Plakat
Ein Buch für Schweizer Kinder

● Über Dürrenmatt

Elisabeth Brock-Sulzer
Friedrich Dürrenmatt
Stationen seines Werkes. Mit Fotos, Zeichnungen, Faksimiles

Über Friedrich Dürrenmatt
Essays, Zeugnisse und Rezensionen von Gottfried Benn bis Saul Bellow. Mit Chronik und Bibliographie. Herausgegeben von Daniel Keel. Verbesserte und erweiterte Ausgabe

Herkules und Atlas
Lobreden und andere Versuche über Friedrich Dürrenmatt. Herausgegeben von Daniel Keel

Friedrich Dürrenmatt
Schriftsteller und Maler
Ein Bilder- und Lesebuch zu den Ausstellungen im Schweizerischen Literaturarchiv Bern und im Kunsthaus Zürich

Molières Komödien in sieben Einzelbänden

»Hans Weigel hat für Molière das geleistet, was einst Schlegel für Shakespeare tat: er hat ihn uns erobert.«
Volksblatt, Wien

»Molière liest sich vortrefflich und wird sich immer vortrefflich lesen, weil er nicht nur voll echtem Gefühl und edler Gesinnung, sondern vor allem auch voll jener durchsichtigen Klarheit ist, die, an und für sich schon ein Zauber, diesen Zauber durch *Bonsens* und gute Laune, durch Witz und Grazie beständig zu verdoppeln weiß. Er ist sentenziös wie Larochefoucauld, erreicht aber größere Wirkung, weil seine Sentenzen nicht bloß in der Luft herumfliegen, sondern bestimmte persönliche Träger haben und aus ganz bestimmten Situationen heraus erwachsen.«
Theodor Fontane

Die Komödien in der Neuübertragung von Hans Weigel, jeder Band mit Titelkupfern aus der ersten französischen Gesamtausgabe. Im Anhang des letzten Bandes ein Nachwort des Übersetzers und eine Chronologie der Stücke

Der Wirrkopf/Die lächerlichen Schwärmerinnen
Sganarell oder Der vermeintlich Betrogene

Die Schule der Frauen
Kritik der ›Schule der Frauen‹/Die Schule der Ehemänner

Tartuffe oder Der Betrüger
Der Betrogene oder George Dandin
Vorspiel in Versailles

Don Juan oder Der steinerne Gast/Die Lästigen
Der Arzt wider Willen

Der Menschenfeind
Die erzwungene Heirat
Die gelehrten Frauen

Der Geizige/Der Bürger als Edelmann/Der Herr aus der Provinz

Der eingebildete Kranke
Die Gaunereien des Scappino

Über Molière
Zeugnisse, Essays und Aufsätze von Anouilh bis Voltaire. Mit Chronik und Bibliographie. Herausgegeben von Christian Strich, Rémy Charbon und Gerd Haffmans

Thomas Strittmatter im Diogenes Verlag

Raabe Baikal

Roman

»Mit irvingscher Fabulierkunst erzählt Strittmatter die grotesken und dennoch in einer durchaus realen Welt angesiedelten Erlebnisse des Raaben Baikal. Sei es im Internat mit weiteren schrägen Vögeln, in der Lehre beim wortkargen, wodkasaufenden Steinmetz oder auf seiner modernen Odyssee in die feindliche Stadt, Raabe hat immer wieder das unverschämte Glück, dem bösen Schicksal einen kleinen Schritt vorauszusein.« *Annabelle, Zürich*

»Strittmatter hat einen Roman geschrieben, in dem sich auf eigenwillige Weise realistisches Erzählen mit phantastischen und skurrilen Elementen verbindet.« *Der Spiegel, Hamburg*

»Ein schreibender Jim Jarmusch.« *Basta, Wien*

»Ein fesselnder und kraftvoller Roman, in einer vitalen, bildreichen Sprache geschrieben. In seinen exzentrischen Beschreibungen zeigen sich eine große Fabulierkunst und Erzählkraft.« *Deutsche Welle, Köln*

»Ein zeitgenössischer, zeitüberschreitender Roman.« *Stuttgarter Zeitung*

»Es ist ein eigenwilliges, schockierend-realistisches und zugleich phantastisches Prosastück, daß einem beinahe die Spucke wegbleibt.« *tz, München*

»Strittmatter besitzt eine geradezu berauschende Fähigkeit zum sinnlichen Erzählen.« *Kölnische Rundschau*

»Extrem lesenswert.« *Harry Rowohlt/Die Zeit, Hamburg*

Viehjud Levi
und andere Stücke

Strittmatters Stücke spielen auf Schwarzwaldgehöften in Autobahnmotels und im Stau, in märchenhaften Königreichen, an Badeseen und im Polizeisportverein. Und immer sind Realität, Geschichtliches und Erfundenes so miteinander verschmolzen, daß über Ort und Zeit hinaus Erfundenes historisch wahrscheinlich, Geschichtliches aber poetisch verwandelt wird. Meist erzählt Strittmatter von kleinen Leuten an unbedeutenden Orten, doch es gelingt ihm, die großen Geschichten aus dem Banalen und Alltäglichen herauszulösen. Obwohl sein Blick auch auf die düsteren Flecken der Welt fällt, machen sein luzider Humor, sein grimmiger Witz und die Zuneigung zu seinen Figuren die Lektüre seiner Stücke zu einem erhellenden Vergnügen.

»Seit Brechts *Furcht und Elend des Dritten Reiches* hat kein Schriftsteller die bieder-menschliche Fratze einer Epoche derart knapp und konzentriert in wenigen Strichen auf die Bühne gebracht – *Viehjud Levi,* ein kleines Meisterwerk.« *Theater heute, Berlin*

»Mit seinen zeitgeschichtlich orientierten, politisch sensiblen Stücken bestätigt Thomas Strittmatter seinen Ruf, einer der interessantesten deutschen Nachwuchsdramatiker zu sein.« *Der Spiegel, Hamburg*

»Ein unerbittlicher Chronist der Provinz, ein alemannischer Erzähler mit kritischem Verstand, ein Heimatdichter ohne jeden nationalistischen Einschlag.«
Die Weltwoche, Zürich

»Der *Polenweiher* beschwört keine Nostalgie, keinen Patriotismus. Strittmatter überläßt beim Erzählen seiner Geschichten nichts dem Zufall, nicht das ›Wie‹ oder mit wessen Hilfe erzählt wird.«
Südkurier, Konstanz

Sławomir Mrożek Gesammelte Werke im Diogenes Verlag

»Mrożek ist ein engagierter Schriftsteller – also hält er die Literatur nicht für eine erhabene Spielerei mit Worten, sondern für ein Mittel, auf die Menschen zu wirken. Er ist Humorist – also meint er es besonders ernst. Er ist Satiriker – also verspottet er die Welt, um sie zu verbessern. Er ist Surrealist – also geht es ihm um die Wirklichkeit, die er mit überwirklichen Motiven verfremdet, um sie zu verdeutlichen. Er ist ein Mann des Absurden – also zeigt er das Widersinnige, um die Vernunft zu provozieren.« *Marcel Reich-Ranicki*

Striptease
und andere Stücke
Aus dem Polnischen von Ludwig Zimmerer. Inhalt: *Polizei, Auf hoher See, Karol, Striptease, Das Martyrium des Piotr O'Hey, Der Truthahn.*

Tango
und andere Stücke
Deutsch von Christa Vogel und M. C. A. Molnar. Inhalt: *Eine wundersame Nacht, Zabawa, Der Kynologe am Scheideweg, Der Tod des Leutnants, Tango, Der Hirsch, Racket-baby.*

Watzlaff
und andere Stücke
Deutsch von Ludwig Zimmerer und Rolf Fieguth. Inhalt: *Watzlaff, Nochmal von vorn, Die Propheten.*

Der Botschafter
und andere Stücke
Deutsch von Christa Vogel und M. C. A. Molnar. Inhalt: *Der Botschafter, Ein Sommertag, Alpha, Der Vertrag, Das Portrait, Die Witwen.*

Die Giraffe
und andere Erzählungen
Deutsch von Christa Vogel und Ludwig Zimmerer

Die Geheimnisse des Jenseits
und andere Geschichten
Deutsch von Christa Vogel

Liebe auf der Krim
Eine tragische Komödie in drei Akten. Deutsch von Christa Vogel

Tango
Schauspiel in einem Akt. Deutsch von Ludwig Zimmerer

Emigranten
Schauspiel in drei Akten. Deutsch von Christa Vogel

Auf hoher See/
Striptease
Zwei Einakter. Deutsch von Ludwig Zimmerer

Weitere Werke in Vorbereitung!